平凡社新書
057

プロレタリア文学はものすごい

荒俣宏
Aramata Hiroshi

HEIBONSHA

プロレタリア文学はものすごい●目次

イントロダクション
忘れられた幻想——プロレタリア文学を最高に楽しむ

未来に向けて書かれた娯楽小説？

日本に「プロレタリア文学」と呼ばれる、とても真摯な文芸ジャンルがあった。あった、と過去形で書いてしまうのは悲しいが、そうするしかないだろう。その証拠に、現役作家のうちで、自分はプロレタリア作家だ、と主張する人はいないように見える。だいいち、プロレタリアートという用語自体、どうにも印象の薄いことばになってしまった。共産主義とか労働者階級といった政治的な用語がそうであるように、日本人一般がもはや放蕩に慣れてしまった現代日本の実情を、正確に反映できないことばとなった。

でも、なぜ今ごろになってプロレタリア文学のおもしろさを書かねばならないのか。そ

う疑問を呈する読者も、さぞ多かろうと思う。その問いに向けて返す答えは、ただ一つ、
読んでみれば予想外に楽しめる、
からである。

プロレタリア文学には、ひとたび読みはじめたら最後、病みつきになること請け合いの、魔力というに近いおもしろさがある。たとえば、思わず吹きだささずにいられなくなり、腹をかかえて大笑いするような、滑稽小説がある。

また、下手《へた》なホラー小説よりもすさまじい残虐シーンが続出し、寝られなくなるほどふるえてしまう、こわい小説がある。

また、まるで別世界ファンタジーを読んでいるのかと錯覚するほど、シュールで、常識を外れた話に、首をかしげることさえある。

かと思うと、なまなましいほどエロティックな光景にも遭遇し、心臓の鼓動が荒くなるような小説だって、ある！

まったく――現代の中間小説雑誌に載せられてもおかしくない、生《なま》な感覚の興味つきない文学、といった印象を抱く作品が、プロレタリア文学と呼ばれるジャンルには多数存在する。いや、それどころか、読みすすむほどに、ひょっとするとプロレタリア文学は五十年後《のち》の読者に向けてあらかじめ書かれた極上の娯楽小説ではなかったか、と思えてくるほ

どなのである。

『地獄』のエロティシズム

たとえばプロレタリア文学運動の発端となった雑誌『種蒔く人』から出た金子洋文《かねこようぶん》という作家は、最も素朴で純情なプロレタリア文学の書き手とされている。にもかかわらず、かれが大正十二年（一九二三）に雑誌『解放』に載せた『地獄』という短編などは、まるで黒澤明の映画『夢』を文字で見させられているような、およそ土くさい労働の現場を遠く離れて、まことにふしぎなイメージに満ちみちている。こんな物語なのである――。

日照りが十九日間もつづいた村で、農民はこの窮地を打解するために二つの「切り札」を使うことを決定した。二つとは、第一に地主に交渉し小作米を四俵から三俵に引き下げてもらうこと、第二に雨乞の儀式を行なうこと、である。古めかしい迷信の雨乞は七日間実施し、逆に近代的階級意識から出た「地主への交渉」は今から三日目に決行ということにきまった。雨乞と団体交渉！　この二つの正反対な「切り札」は、ともに強力である。いったいどちらが効力を発揮するのだろうか？

さっそく村の女たち九人が雨乞の神女《みこ》に選ばれる。とたんに、男たちは日照りの苦しみを忘れ果て、いつもと違う女たちのエロティシズムに反応しはじめる。いや、小さな子どもまでが、どの母ちゃんがきれいだ、といい争いだす。

「子供達の観察は全くあたっていた。九人の神女のうちで美しいのはやはり勘兵衛の娘と平吉の女房であった。(可愛らしい勘兵衛の娘のことは、いつか別の時にくわしく語ることにする)

彼女は紅の装束をつけていた。それは彼女に最もふさわしかった、その濃厚な色は、彼女のなめらかな、白い餅のように柔かい、豊満な肉体を、あやしく浮きたたせた。彼女のまわりには甘い淫慾の空気が浮動しているように見えた。彼女は彼女らしく衣裳をつけていた。それは八人の神女とことごとくちがっていた。張りきった胸の肉がひろくあらわれていた。衣裳を強く下にひっぱっているので、ふくれあがった両乳が格好よくもりあがっていた。

彼女は軽く肩を動かして、(その律動はすぐ丸い腰につたわった)進んで行く、赤い衣裳の下からのぞいている、ふくふくした白はぎ――一体彼女は何処へ行くのか、それは祈願のための参神ではなくて、神を誘惑するために行く、美しい妖女のように思われた。

ドドンドドンと、太鼓がなる。九人の神女は口で何かぶつぶつ唱えながらその後へつづく、この奇怪な行列は人々に不思議な幻想を呼起した。今に何か起るに違いない、人間の力で成し得ない異常な奇蹟が忽然と起るに違いない。『晴天の空から、滝のように雨が降ってくる』こんな気持を抱かせた」（以下、本書における原文の引用は著者の責任において、読みやすいように現代的表記に改めてある）

——以上のようなファンタジー映画的展開は、さらにショッキングなラストまで、ずっとつづいている。プロレタリア文学を読んでいる、という前提など、あっという間に忘れてしまうほどおもしろいストーリーである。結末をここに書かないのは、あまりに劇的な筋立てを暴《あば》くに忍びないからである。

平林たい子のすさまじさ

かと思えば、なまなましく、毒々しい、マルキ・ド・サドの暗黒小説のごとき作品もある。平林たい子の『投げすてよ！』は、同じく『解放』昭和二年三月号に載った作品である。

物語は、「何でもない顔で堕胎の決心」を話す女、光代を追って展開する。光代とその夫である小村は、善良なふつうの友人から「都会の埃に魂までも曇らされおって」と、嫌悪される存在である。社会主義運動に挺身するこの夫婦は、刑事に追われ、もちろん職もない。夫は、妻を食わせるために主義を捨て、俗物の兄に頭を下げる。光代はすっかり幻滅し、次第に夫への熱が醒めていく。結局、女が生きていくには、すべてを捨てるしかない。彼女は子を産むが、もはや家族への情に悩むことはなくなった。「子供をうむと、妊娠時代の栄養不良が祟って、ひどい脚気になった。子供は、その脚気の乳を呑んで可憐に死んだ」

　実は、この話は平林たい子の体験した実話である。彼女は外地で子を産むが、その子をすぐに病死させている（第八章参照）。自分が産んだ子に対し、可憐に死んだ、という表現がものすごい。ものすごいといえば、こんなシーンもある。嫂《あによめ》がしどけない伊達巻姿であらわれ、光代に洗濯物を投げてよこすシーンである。

「ふわりと梯子段の下へ投げたのは四五枚の洗濯ものだった。下へ落ちる拍子に桃色フランの汚れた腰巻が旗のようにぱっと拡った。見ると真中のところに、黄色な汚点が幾つか隈どってついていた。

　光代は呆然として見下していたが、やがて顔をそむけるようにしてそれを抱えた。

未だ体温の残っている腰巻から、生温い酸っぱいにおいが、むっと鼻に来た。妊娠している光代の胸に、ぐわっと吐気がこみ上げた」

読んでいるこちらまでが、ぐわっと来るような、すさまじい描写である。

『海に生くる人々』の新鮮な文体

もう一例、プロレタリア文学界最大の〝文豪〟と呼んでいい葉山嘉樹《よしき》を引く。かれの傑作『セメント樽の中の手紙』は第二章でくわしく紹介するが、ここでは挨拶代わりに長編『海に生くる人々』（大正十五年）を紹介する。プロレタリア文学界の論客、中野重治《しげはる》が「近代日本文学の誇るべき新しさ」と絶賛した、その文体にご注目ねがいたい。まずはこんな例から――。

「そして、ボースンが、ランプを持って、レットの機械を照らした。

ともからは、波田が以前から、その後頭の左寄りの処に吋《インチ》丸《まる》位で深さ二寸位の穴を『ブチ開け』てやりたい、と常々希《ねが》っていたセキメーツ（二等運転手）が来た」

――ボースンにレットにセキメーツと、まるで現代の若者ことばを羅列するかのようなカタカナ語の、情容赦なき氾濫である。船員用語だけに英語が多いが、まさしくスラングや隠語を連発するハードボイルド・タッチのおもむきがある。そして、次の文例――。


「船長は、爆発した。

『負傷手当を船から『出すべき』だ？　べきだとは何だ！　べきだとは！　そんな生意気な横柄なことを云うんだったら、どうとも勝手にしろ、俺は、手前等に相手になってる暇がないんだ！　馬鹿な！』

船長は怒鳴りつけると、そのまゝ、桟橋へと下りて行った。

藤原は自分の足の下に踏んでいた癇癪玉を、そうと、矢っ張り抑へつゞけた。彼はアハゝゝゝと、船長の後ろ姿に向って哄笑を浴せかけた」


「船長は爆発した」とか、「自分の足の下に踏んでいた癇癪玉」といった新鮮ないいまわしは、平成の現代小説にまで継承された手法である。機関銃のように短く切った文章も、大正十五年の作品とは思えない口語の勢いをもっている。

物語としてプロレタリア文学を読む

そういうわけで、血沸き肉躍る、というような常套句の使用は差し控えるが、プロレタリア文学がすくなくとも、読むほどにおもしろく、発見に次ぐ発見に心がさわいで、ちっとも退屈することのないジャンルだということは、ほんとうである。

ふつう、プロレタリア文学を読む、ということは、真摯な態度で社会の裏面に追いやられた人々の暮らしを偲び、万人が自由と幸福に至る道を一緒に模索する心がまえで、聖典を拝するがごとくに作品に接することを意味する。

たとえば日本国憲法を読むときの気がまえ、社会正義の見地から行なわれる告発ドキュメンタリーを視る気持ち、といったような真面目《まじめ》さを要求される。プロレタリア文学に書かれてあることには、一切の反論が許されないかのような、そうした束縛感をもちながら。だから、まちがっても、プロレタリア文学を、おもしろく、また楽しく読んではいけないのである。志《こころざ》しの低い読み方は、聖なるプロレタリア文学を侮辱する行為と考えられていた。

もちろん、それはわかっている。貧しい人々、虐げられた人々が生命がけでつづった文学を、単に娯楽作品として読み捨てることは、プロレタリア作家の意思や志を無にするも同然の行為といえる。

しかし、プロレタリア文学の崇高な目的に照らしただけの読書では、逆に見えてこないような要素が併存していることも、また事実だと思う。小説はやはり、その目的や動機や理念がすべてではなくして、小説内で読者にバーチャルな実体験を味わわせるスリリングな装置、という側面をもあわせもつ。

そうでなければ、現代のようにプロレタリア文学の目的どころか、プロレタリア文学の担い手と読み手自体も消滅してしまった時代にあっては、この分野が存続する理由をみつけられなくなる。つまり、崇高な目的だの思潮だのメッセージだのを除外したのちにも、裸のプロレタリア文学は単純に「おもしろい物語」としての価値を再発見されなければならない。

そのことを実証するのに、現代はとてもよい時代である。プロレタリア文学を単に物語として読むしか方法のない時代だからである。

ピカレスク文学者の対談

白状すると、筆者自身もプロレタリア文学は崇高な文芸だと信じていた。小林多喜二の『蟹工船』をスプラッターホラーのようには読めない、と思ってきた。

ところが、そのような信念は、思いがけない方向から崩れた。崇高な文学を書くプロレタリア作家は、その人生においても、崇高な、犠牲的な行動に終始したにちがいない――と思っていたとき、平林たい子や中野重治らの回顧談と随想を読んだのである。

そうしたら、びっくりしてしまった！

プロレタリア文学運動を現実に担ったアナーキスト、コミュニスト、労農派、ボルシェヴィキ、そして無産者作家たちの実生活は、みんな、みごとにピカレスク（悪漢小説的）であり、奇想天外でもあったからだった。おかげでプロレタリア作家＝殉教者といった信仰は吹きとんでしまった。

たとえば、ここにおもしろい対談の記録がある。

昭和三十一年に平林たい子と高見順が「昭和の女流作家」をめぐって対談した記事である。筑摩書房刊『現代日本文学大系』第五十六巻に再録されている。平林が戦前のプロレタリア運動において体を張って生き抜いた事実をよくうかがわせる話題が、満載されている。この対談内容を信じるなら、社会主義やアナーキズムに殉じた作家の多くも、残虐な恋愛・掠奪・闘争・中傷・詐欺あるいは裏切りといった「清潔でない行為」にまみれていた。いわば、『投げすてよ！』が平林たい子の体験であるのと同様に、他の作家たちが描いた不潔で残虐な私生活告白もまた、決して文章の上だけのことではなかったのである。

高見　今になると、こういう初期の人たちの姿っていうものが、今の人たちにはわからなくなったでしょうね。
平林　ええ、みんな知らないですね。
高見　なんだか、ゴロツキみたいに言う人もあったり……。
平林　ええ、たとえば中村一、「ピン」なんて言ってたんですけれども、この人も半分ゴロツキの面がありました。「財産とは掠奪なり」ということばがあるでしょう、誰の言葉ですか、プルードンか誰かの。それを逆にとって掠奪したものだから掠奪してもいい、というような理論でね、会社へリャクに行くんです……。（中略）それでね、会社へおどかしにいったり、おどかされるほうの用心棒になったりした人もあるんです。「主婦の友」の社長さんに養われているという人もあるんですよ。
高見　今の総会屋みたいなもんだな。

——また、平林自身も食うためにカフェーの女給づとめをしたのだが、その理由がおもしろい。

平林　書くのはずいぶん早く書いて……。カフェーの女給やりながら、少しずつ書いたんです。だから、なるべく客の来ないような、おちぶれたカフェーへ行くんです。小説書くのが目的でしたから、ほかに朋輩のいないような、おちぶれたカフェーだと、大切にしてくれるし、小説が書けるんです（笑）。

——この発言を受けて、高見順も興味ぶかい突っこみを入れている。

高見　あの中に（平林が大阪朝日新聞の懸賞小説用に書いて当選した『嘲る』を指す）小山という男が「二度の監獄生活に懲りて社会運動から逃避し」原稿を書いてた、ということが書いてあるんです。つまり原稿を書くっていうことはね、逃避だったんですね。なんだか実践運動から外れたような感じがしてね。
平林　文学者は軽蔑されてましたからね、非常に。
高見　階級運動の特等席。
平林　あいつ文学運動を始めやがった、なんて言われると、もうダメです。

アナーキストと平凡社

——当時このような社会運動派の餌食となった大会社の一つに、実は平凡社も含まれていた。『平凡社六十年史』という途方もなくおもしろい社史に、信じがたいことだが、次のようなエピソードが誌されている。平凡社創業者である下中弥三郎は、かれ自身アナーキズムに肩入れした時期があっただけに、アナーキストたちが気軽に社を訪れては酒盛りに興じることを、むしろ積極的に許していた。かれらアナーキストはアルバイトとして、ときに正社員として社業にも加わったのである。アナーキストの結社「黒色青年連盟」は、平凡社がいち早くプロレタリア文学に注目して『新興文学全集』刊行を発表すると、自分たちが刊行していた片々たる機関誌に、その広告を載せるよう「ユスリ同様に」要求してきた。中の一人が下中の部屋まで踏みこんできて、かなりの金額にのぼるカンパを強請、ついにはピストルまでちらつかせた。しかし下中は顔色ひとつ変えず、「馬鹿な真似はよせ」と一喝、相手のほうがふるえあがったという。そして——、

「アナ系の連中は社へ寄っては、よくそこに積み上っている新刊本をかっぱらっていった。しかしゴソッとまとめてトラックで運び去ったのは、『菊池寛全集』のときだった。昭和四年から八年にかけて正続二度にわたって刊行された『菊池寛全集』は、予想ほどの成績

をあげなかった。黒色青年連盟の連中は倉庫へトラックを乗りつけ、できたばかりのその全集を山のように積んで去った。

「営業部長の長谷川真は驚いてすぐさま警察へ訴えた。強奪者たちはまもなく逮捕され、日頃腹にすえかねていた長谷川は彼らを告訴した。だが警察に出頭した下中は、『あれは私が承知の上でしたことです。営業部長にはそのことを通じてなかったため、思わぬ誤解が生じたのでしょう』と述べ、若い連中をかばった。

「社には前田河広一郎《まえだこうひろいちろう》や葉山嘉樹、中西伊之助らが会合のためによくあらわれたが、たまたま黒色青年連盟の若者たちにぶつかると、かならず一波瀾もちあがった。後に映画関係に移った上田光敬など血の気の多い人物で、いつも藤蔓で捲いた弓をステッキ代りに持ち歩き、激昂するとそれを振りまわし、前田河広一郎が小鬢をしたたかに打たれて血を流したこともあった。しかし社の連中はとめに入るわけでもなく、なんとなくお茶を飲んだり、ダベッたりしながらそれを眺めている。まったくふしぎな社であった」（『平凡社六十年史』より）

――この引用に示された多くの話は、いまの目から見ると、伝説のたぐいにしか思えないし、平林たい子の回想もしばしば〝事実〟を逸脱して、ひたすら伝説化に奉仕する傾向にあるかのように見える。だが、それにしても闘士たちの豪傑ぶりはどうもほんとうらしいリアリティを含んでいる。

アナーキスト対ボルシェヴィキの乱暴競べ

その「ほんとうらしさ」をチェックするには、平林以外の人の手になった記録と比較することが効果的である。先に引用した『新興文学全集』は、平凡社が昭和三年に日本初のプロレタリア文学全集をめざし刊行した意欲的な企画だった。その刊行開始にあたり、神田の「パウリスタ」という店で祝宴会がもたれた。しかし、いわゆる黒旗のアナーキスト文学者と赤旗のボルシェヴィキ（共産党系）文学者とのあいだで衝突がおこり、晩には暴力沙汰に発展した。ボルシェヴィキ葉山嘉樹はビール瓶でアナーキスト岡本潤の頭を殴り、同席していた平林たい子によると「傷がザクロみたいに」割れたという。江口渙《きよし》はおそろしくなって隠れ、壺井繁治なども標的にされたという。

この平林の話は、『平凡社六十年史』によっても裏が取れる。細部は異なっているものの、同社史によると、全集の刊行を祝して駿河台下の「カフェ・ブラジル」で宴会が催されたとき、オープンしたての会場に黒色青年連盟のグループが突如として押しかけてきた。テーブルの上にあったナイフやフォークを取りあげ、皿を投げ、テーブルまでひっくり返す暴れようだったという。この大騒動により宴会は中止された。黒のアナーキスト系は、赤のボルシェヴィキ系による企みがその夜に実行されると聞きつけ、〝陰謀〟をつぶしにきた。ところが、喧嘩に慣れたボル系の葉山嘉樹らに返り討ちにあったという。かわいそうなのは、社会民主派の壺井や江口である。ボル系の人々と一緒くたにされ、したたか殴られたのだそうな。

また、この出入りには〝落ち〟がある。

「(宴会中止のため) 用意した料理の始末に困り、黒色青年連盟の連中にそれを出した。彼らがカフェ・ブラジルを襲ったのも、ボル系の連中が何かを企んでいると伝え聞き、計画をぶち壊すためになぐり込みをかけたというきわめて単純な行動だっただけに、酒や肴をすすめられるとすっかり機嫌をなおして、飲み食いの大騒ぎとなり、前後不覚に酔いつぶれ、翌朝目を覚ましてみると西神田署の留置場の中だったという話もある」(『平凡社六十年史』一〇三ページ)

もっとも、アナーキストによるボルシェヴィキ襲撃事件は、これが最初というわけではない。初期のプロレタリア文学運動を雑誌刊行という実践面から支えた山田清三郎に、『プロレタリア文学運動と私』と題したエッセイがある。これを見ると、アナーキスト・グループはつねにボルシェヴィキ系の活動に対して警戒の念を抱いていたことがわかる。ややもすると個人プレーに傾きがちなアナーキストに対し、ボルシェヴィキは政党的、組織的である。運動を展開すれば、組織のほうがやはり強い。山田は、『文芸戦線』編集の任にあたっており、葉山嘉樹や黒島伝治らをデビューさせる一方、一九二四年七月にモスクワで発せられた無産階級文学連盟国際事務局の檄文に刺激され、全国レベルの文学者組織を築こうとした。それが日本初のプロレタリア作家組織「日本プロレタリア文芸連盟」であった。一九二五年十二月、牛込の矢来倶楽部で開かれた創立大会に、次のような事件が発生したのである。

「――会は特別に波瀾もなく、万事順調に進行したのであったが、閉会間際に至って、はしなくも混乱を現出した。それはこの会にまぎれ込んでいた、四五人の黒色青年連盟員が暴れたことであった。彼等は、プロレタリア文芸連盟の創立を以て、ボルセビーキの陰謀だとなし、計画的に会をぶちこわす予定でやってきていたのであったが、結局どうすることもできなかったのである」

　アナーキストの被害妄想というべきだろうか。関東大震災以後、プロレタリア文学の主体がコミュニストやマルキスト、さらにボルシェヴィキに移ってゆく過程で、このようなアナーキストによるテロまがいの殴りこみは、何度も繰り返されたといえるだろう。

海水着で暮らした女流作家もいた！

——と、ここまで書いてくると、若い読者から、ちょっと待て、と注文がつくことも予想できる。アナーキストとか共産主義者とか、それはいったい何者で、どこがちがうのか、と。たしかに、アナ・共産・社会主義者という区分けは、どうもわかりづらい。どれも無産者や貧しい人々の側に立っているが、かといって主義や主張は同じではないらしい。

そこで一応の区分ポイントを考える必要が出てくるわけだが、感覚的に書くなら、アナーキストは夢を見る坊ちゃんタイプ、共産主義者は中央集権と理論で動く理屈屋。社会主義者というのはいちばん曖昧だが、生活者の立場から集団の力で暮らしをよくしようとするご近所の青年有志タイプ。

たとえば高見順は、平林たい子との対談で、アナーキストと共産党員の対立を次のように述べている。

「(アナーキストは) 共産党をいろいろ批評してますね。たとえば、土地の問題というのは、共産党のほうでは大変な問題だ。だけど植村君 (植村諦、僧職にあったアナーキスト詩人) ていうのは稲を作るのを研究してるんですね。アメリカにはこういうのがあるって言うんだな、階段式になってて、化学肥料を上から注いでだんだん下へ落ちてくるようなのをね。こうなってきている時に、共産党の考えている土地というのは、つまり平面だけだって言うんだ。マルクス主義は平面の土地というものに頼ってる。それを立体的に生産するのでなければ古い、なんて言ってましたよ」

　これを受けて、対談相手の平林は、いう。

平林　考えていることが童話的でね。実に面白いですよ。理想社会になったら、誰が便所を汲むか、という論文を、伊藤野枝さんが昔書いたことがあります。おかしな論文ですね、今考えてみれば。

高見　理想社会になった場合に、いやな仕事を誰がやるか、なんてね、大問題だね、やっぱり。こんどのスターリン批判のああいう問題なんて、やっぱり中央集権の弊害ですものね。

　ちなみに伊藤野枝がとりくんだ汲みとり問題は、すでにフランスの先駆者が解決している。空想社会主義の大物といわれるシャルル・フーリエである。かれは、大便の処理を子どもに任せろ、といった。子どもは大便をいじるのが大好きで、汲みとりを一向に「いやな仕事」と思わないからである。

　ついでに書くが、伊藤野枝という女性は、かなり色っぽい感じのある人だったらしい。

多くの証言がある中で、平林たい子も次のように述べている――。

「伊藤野枝さんていう人はね、立て膝で、長いキセルでタバコなんか吸ってました、長火鉢の前で。ちょっと、なんていうか、ダラシないっていうような感じがありましたね。しかし、ああいうやわらかさが男性にはいいんじゃないですか」

また、平林たい子と高見順の対談には、思わず絶句してしまうようなエピソードも語られている。『放浪記』で知られる女流作家、林芙美子も貧乏していて、夏は着物がないので海水着を着て暮らした。雑誌編集者が訪ねてきたときは、海水着だけで恥かしく、出るに出られなかったというのである。それにしてもほんとうの話だろうか、と思って林芙美子の『放浪記』を読んだら、たしかに書いてあった。「昔の私は、着る浴衣もなくて、紅い海水着一枚で蟄居《ちっきょ》していた事もある」と。この時分は、着るものがないので海水着で暮らした女性も実在したのである。

よみがえる「時代の神話」

以上は、ほんのわずかな実例にすぎない。生身のプロレタリア作家たちはこれほどにおもしろく、破天荒な暮らしをしていたのである。こうした伝説的な人々の行状記については、のちほどくわしく語るつもりでもいる。

だが、これだけおもしろい生活を送った人々が、自己の生涯や体験を忠実に小説化するというのであるから、それがすこし成功しただけで、途方もなく痛快な作品が生まれてきても、まったくふしぎではない。途方もなく奇怪な物語なぞは、いくらでもつくれるはずである。いま、プロレタリア文学の目的と機能を離れて、純粋な文学としてこの分野の名作に接するとき、かれら法外な時代を法外に生きた人々の肉声が、壮大な規模をもつ「時代の神話」として、よみがえってくる思いがする。

もはや、かれらと同じように劇的で度外れた生涯を送ることのできる日本人は、出てこないであろう。プロレタリア文学の名作を一つずつ読むたびに、そんな思いに駆られるのである。

そこで、ものは試しという。

これから、プロレタリア文学という世にもふしぎな文学空間へと、読者をご案内することにしよう。ちなみにいえば、この文学ジャンルは大正末から昭和十年代まで、わずか二十数年ほどの黄金時代を閲《けみ》したのち、消滅していった——。

第Ⅰ部

プロレタリア文学はおもしろい

プロレタリア文学からプロレタリア運動をマイナスすれば、あとには情感豊かな「おもしろい小説」の群が残る。それも、当時としてはきわめて露骨な、大胆な小説ばかりだった。たいていの刺激には慣れた昨今の読者でさえ、プロレタリア文学に引きこまれるにちがいない。というのも――、

プロレタリア文学は最高におそろしいホラー小説だったし、
プロレタリア文学は最高にエロティックなセックス小説であったし、
プロレタリア文学は謎が謎を呼ぶ探偵小説であったし、
プロレタリア文学は科学時代を諷刺するSF小説であったし、
プロレタリア文学は立川文庫にも負けないチャンバラ武勇伝だったし、
プロレタリア文学はこれ以上望めぬほど冷たく事実をあらわにした露悪小説だったからである。
こんなにおもしろいエンターテインメントは他にありえない。

第一章　疲れることの怖さ――プロレタリア文学はホラー小説である

ホラー小説も蒼ざめる「ヒヒヒ……」の笑い

二十世紀の終わりを目前に控えて、何やら急《せ》かされるような気分で取りまとめておきたい回顧的テーマがある。

今は亡《な》いに等しい労働者階級の芸術運動である。

これがひょっとして、ものすごくおもしろい運動であったのではないかと直観したのは、筆者にとって勤務先の大先輩にあたる小林多喜二が残した名作、『蟹工船』を読んだときであった。一読して、『13日の金曜日』や『エルム街の悪夢』と同質のスプラッターホラー（血みどろ恐怖）に似た気分を味わわされ、思わず、「これはプロレタリア文学に名を借りたホラーだ！」と叫んでしまった。

この作家がなぜ筆者の〈大先輩〉にあたるかといえば、多喜二は小樽の北海道拓殖銀行に勤めていたからである。筆者も約十年ほど東京の拓銀事務センターでコンピュータを操作していた。正規の社員ではなく居候だったが、十年もいると〈身内意識〉が湧き、ついに多喜二を先輩と呼ぶに至った。

で、多喜二の作品のどこに関心をもったかといえば、絶叫と残虐、地底と地獄、さらに人権意識のギリギリの線まで迫った暴力性に満ちあふれた、昨今のホラー小説も色蒼ざめるような、なまなましくも呪わしいストーリーテリングにあった。

『蟹工船』は、冒頭から驚異の連続であった。いきなり、「おい、地獄さ行《え》ぐんだで！」で始まり、蟹工船に乗りこんだ漁夫が仲間にポケットの中のふくらみを触《さわ》らせて、「ヒヒヒヒ……花札《はな》よ」と笑うのだ。

この「ヒヒヒヒ」には電撃を感じた。ふつう、まともな小説では登場人物を「ヒ」で笑わせることができない。下手《へた》をするとマンガになってしまうからだ。

ついでに、この漁夫の笑い方には「ベラベラ」というのもあった！　ベラベラ笑うという発想に、虚を衝《つ》かれた。現代マンガのキャラクターですら、ベラベラとは笑わないだろう。

以下、多喜二は執拗に異様なオノマトペを繰りだし、読むほうの頭を混乱させようとする。小便がはねを飛ばすときは「ギヤ、ギヤ」、監督が病気の漁夫をいじめるときは「ギリ〳〵と陰険」だし、疲れた体は機械のように「ギクギク」し、活動写真（どうもスライドのことらしい）も「宮城、松島、江ノ島……京都が、ガタピシヤガタピシヤ」と映されていく。混乱した機械音の世界なのである。

全編これ「糞」と「性」オンパレード

むろん『蟹工船』が示す非人権的環境の描写はこれからが本番であり、音につづいて匂いとアクションが表現される。一例を示すだけで食傷気味になること請け合いのワンシーンを引いてみよう。

「……虐使に堪《た》えられなくて逃亡する。それが捕まると、棒杭《ぼうくい》にしばりつけて置いて、馬の後足で蹴らせたり、裏庭で土佐犬に噛み殺させたりする。それを、しかも皆の眼の前でやつてみせるのだ。肋骨が胸の中で折れるボクッとこもった音をきいて、『人間でない』土方さへ思はず額を抑へるものがいた。気絶をすれば、水をかけて生かし、それを何度も何度も繰りかへした。終いには風呂敷包のやうに、土佐犬の強靭《きようじん》な首で振り廻わされて死ぬ。ぐつたり広場の隅に投げ出されて、放つて置かれてからも、身体の何処かゞ、ピク〳〵と動いていた。焼火箸をいきなり尻にあてることや、六角棒で腰が立たなくなる程なぐりつけることは『毎日』だつた。飯を食ってゐると、急に、裏で鋭い叫声が起る。すると、人の肉が焼ける生ッ臭い匂ひが流れてきた。
『やめた、やめた。――とても飯なんて、食えたもんぢやねえや』
箸を投げる。が、お互い暗い顔で見合った」

――以上の文章は、現在ならば生理的恐怖を追求するホラー小説の筆致と認められるにちがいない。しかも追求はこれだけにとどまらない。多喜二は漁夫たちの性の処理場面にまで踏みこむのである。たとえば、「糞壺」に戻って寝ころがったはいいが、どうしても伜《せがれ》が立ってしようのない漁夫を、次のように描いている。

「……『どうしたら、えゝんだ！』――終いに、そう云って、勃起している睾丸《きんたま》を握りながら、裸で起き上ってきた。大きな身体の漁夫の、そうするのを見ると、身体のしまる、何か凄惨《せいさん》な気さえした。度胆を抜かれた学生は、眼だけで隅の方から、それを見ていた。
夢精をするのが何人もいた。誰もいない時、たまらなくなって自瀆をするものもいた。――棚の隅に、カタのついた汚れた猿又や褌《ふんどし》が、しめっぽく、すえた臭いをして円められていた。学生はそれを野糞のやうに踏みつけることがあった」

考えようによると、この作品はプロレタリア解放の本筋に反して、むしろ逆に労働者を侮蔑しているとみなすことさえできるリアリズムである。蟹工船の人々は、沖売の女を犯すわ、若い小僧を手籠めにするわで、とにかく歯止めというものが利かない。こういう労働者が虐待に耐えかねて船長や監督を襲ったところで、これは獣性の発現と同じことだ。逆襲の次にくる新しい社会システムの提案と建設とにふさわしい〈階級〉であるとは、とても思えなくなるからである。

『蟹工船』のスプラッターホラー性は、まさに政治的には無意味なほどの残虐趣味にまで立ち至っている。たしかに多喜二自身も、北海道の漁夫を内地の工場労働者とはまったく別の存在と規定してはいる。内地の工場労働者は組織され「横柄」になっているので、資本家側も無理強いが通らない。そこで資本家は北海道・樺太へ鉤爪《かぎづめ》を伸ばし、朝鮮や台湾の植民地を真似て、当地の労働者に対しおそろしいほど無茶な虐待を行なった。つまり、オルグの手の届かない辺境で、漁夫を奴隷のように使いつぶしたのである。だから、『蟹工船』のむごたらしさは格別なのである。

「北海道では、字義通り、どの鉄道の枕木もそれはそのまゝ一本々々労働者の青むくれた『死骸』だった。築港の埋立には、脚気の土工が生きたまゝ『人柱』のように埋められた。

――北海道の、そういふ労働者を『タコ（蛸）』と云っている。蛸は自分が生きて行くためには、自分の手足をも食ってしまう」

　ここまでくると、この物語の本質がサヴァイヴァル小説に近い極限の劇にあることは明白だろう。辺境や地獄でことにあたる資本家は、労働者を「モルモットよりも安い実験動物」として鼻紙よりも無造作に捨て、マグロの刺身みたいな労働者の肉片をもって領土の土台を固めていった。まるで乃木大将が二百三高地を陥す際、おびただしい兵士の命を犠牲にしたのと同じように。

　したがって、『蟹工船』は、知的な、あるいは思想的な労働運動を鼓舞するために書かれたプロレタリア文学に対し、大きな距りをつくっている。労働者側からいえば、地獄からのサヴァイヴァル、資本家側からいえば、乃木の二百三高地と同じ消耗戦であり、どちらにとっても呪わしい話なのである。したがって、この作品は、労働者を救う側の論理ではなく、労働者をいたぶる側の方法に基づいて書かれている。労働者をいかに苦しめるか。その視点を徹底して貫いているからこそ、『蟹工船』をスプラッターホラーとして読むことのほうがむしろ自然に思えてくるのだ。

もっとも、地獄のサヴァイヴァル路線を敷いたのは、辺境に進出した資本家だけではなかった。革命的労働者の側もスプラッターに走る傾向にあった。栗原幸夫『プロレタリア文学とその時代』(平凡社)によれば、一九三〇年メーデーでは日本化学労組日本石油分会の一部が「各自ピストル、日本刀、メーデー旗、竹槍などで武装しメーデー行進の後を追って川崎にはいり、メーデー会場に突入、第一警戒線を突破し演壇近くまで進んだが発見され、官犬ダラ幹と大格闘をやり多数の負傷者を出し」ている。

各国共産党もこのような行動を「一揆」と呼んでいたのだから、すごいものである。資本家側における植民地的奴隷経営がそうであったように、こうした労働者の暴動も基本的にプロレタリア解放運動の主流とはみなせなかったのだろう。

その意味からして、『蟹工船』は資本家・労働者両サイドのどちら側から読んでも、ホラー小説にきわめて近しい作品だったにちがいない。つまり、漁夫のひどい生活ぶりには、救いがない。救いがないから、労働運動にとっても、正当なプロパガンダ小説と呼ぶことを躊躇させる要素が、みえてしまう。とすれば、『蟹工船』は極上の地獄小説として残る資格をもつのではないか。ただ、この作品のどこに窮極のこわさが潜んでいるのだろうか。

『蟹工船』をよく読んでいくうちに、ふしぎなことばが浮かびあがってくる。「腐る」とか「疲れすぎる」というマイナスイメージに染まったことばである。

たとえば一人の漁夫が仲間から、「臭《く》せえ。臭せえ」といわれる。それに対して、「そよ、俺だちだもの。え丶加減、こったら腐りかけた臭いでもすべよ」と返事をする。仕事を終え、本来なら再生産のための休息に帰ってくる場所も、ノミとシラミだらけ。当然眠ることができず、早く労働に戻ったほうが楽だとすら思えてしまう始末である。

結果、かれらは疲れ切り、やがて死ぬことになる。

労働者だけではない。蟹工船自体も、いつ沈んでもふしぎはないボロ船だし、運航船でなく工場船だから海運上の船舶補修義務も生じない。すべてが単に死滅することをめざした労働なのである。

そんな、死ぬための労働などという空しい行為は、資本家にとっても労働者にとっても、ありがたいわけがない。

しかし多喜二は労働の本質的な虚しさをここまで哲学的なスプラッターホラーに託して書いておきながら、最後に次のように綴っている。

——この一篇は、「植民地に於ける資本主義侵入史の一頁」である、

と。

つまり、最後でドンデン返しのように、プロレタリア運動に寄与する小説と位置づけてしまう衝撃である。ホラー小説はプロレタリア文学に一変する。その見え見えのカラクリが多喜二の純情さであろうか。

もしも話が「虐待される漁夫」というだけのことなら、この話は近代の資本主義をまたずとも古代ギリシアやローマの奴隷制においても発生し得たであろう。だが、そうではないのだ。一九二九年に書かれたこの作品には、一九二九年という背景の中でのみ発揮されたおそるべき破壊性が秘められていなければならない。

その一九二九年時点の破壊性が「疲れ切る」という単語に集約されていたのである。

二十世紀は「疲労」あるいは「消耗」を追放した時代であった。なぜなら「疲労」は休息ないし死といった持続性の拒絶を意味していたからである。この概念を物理的にも心理的にも追放することで、工場は二十四時間操業、個人は二十四時間活動できるという新たな生活環境がひらけた。資本家はむしろ、永遠に疲れない、使いべりのしない労働者をほしがったのである。二十四時間営業のコンビニの誕生も、基《もと》を辿ればここに帰着する。

書くまでもなく、その難敵「疲労」を追放してくれた原動力は人工動力と熱力学の大発展であった。適切に燃料を補給し、なるべく抵抗を避ける滑らかな活動により、運動は長く持続される。これによって消耗の度合いは減じ、疲労も蓄積されない。

背景にあったのは、二十世紀機械文明の効率化システムである。かつてボードリヤールも論じたとおり、拡大再生産と大量生産を基本にした高度資本主義社会では、最も有害なものは消耗や縮小であった。減ってはならないのである。

むろん人間自身にとっても、病《やまい》や老いによる疲弊といった「消耗」は、最大の恐怖となった。それは若さを蝕《むしば》む大敵であるのと同時に、怠惰や無能を暗示してもいた。ゆえに、病気・老い・意志薄弱・不活発といった現象はことごとく否定的なイメージを植えつけられた。「なにもしないで金を儲ける」と批判された資本家も、実は投資管理の分野で人一倍労働していたのである。二十世紀はこの持続的活動自体を「進歩」と呼んだ。

これに対し、「熱死」や「終末」や「夭折」や「虚弱な女」といった、ことごとく持続的でない素材の美しさを提示した世紀末派の芸術運動は、「疲れ切る労働者」というイメージをも、かれらの美学のテーマとした。『蟹工船』も、結果的には世紀末的な作品だった。対象となる漁夫は、美の素材という点において理想形ではなく、むしろゾンビ（生ける死体）のごとく危険な存在物であった。資本主義の根幹をおびやかす「死」をチラつかせた労働者は危険である。危険であるからこそ、「疲れ切る労働者」つまり蟹工船の働き手は、スプラッターホラーの主役となり得たともいえるだろう。

ホラー小説のルーツ、「グラン・ギニョール」

ちなみに書けば、このような社会的弱者に加えられる血みどろの虐待は、二十世紀に誕生した新しい文学、ホラー小説の最初の素材であり、そもそもが社会主義的前衛芸術から出発していることを、ご存じだろうか。

そう、ホラーはプロレタリア文学から生まれたともいえるのである。そのルーツは、パリの有名な恐怖演劇のメッカ、「グラン・ギニョール」にある。

一八九七年にパリで奇怪な劇団が旗上げした。これが後世「グラン・ギニョール劇場」と呼ばれるに至る、前衛社会制の劇場「テアトル・リブル」である。そもそもギニョール劇とは、十九世紀にフランスで行なわれていた残酷な人形劇である。イギリスの「パンチとジュディ」に似て、諷刺とグロテスクな笑いを狙ったものである。しかし、この人形劇を人間が演じたらどうなるだろうか。それまで人形にさせていた暴力や罵倒や、ときには殺人を、もしも人間が演じたら？　そこで、大きな《グラン》ギニョール人形、すなわち人間をあらわした劇場名が誕生する。元来、シェークスピア劇の例を挙げるまでもなく、演劇舞台の呼びものは血みどろの残虐場面であった。

この劇場は、はじめ、社会にショックを与える社会主義的前衛劇の小劇場として開設された。というのも、当時のヨーロッパには血なまぐさい事件が日常茶飯のごとく発生していたからだった。その一つは、ロンドンの貧民街ウエストエンドで起きた、娼婦ばかりを残酷に殺した「切り裂きジャック」事件。もう一つはパリの労働者や社会主義者を弾圧したブルジョア政府の反動戦略であった。

ここでは、労働者の酷使も、犯罪も、政治的弾圧も、まったく同じ「残酷劇」として捉えられた。ヴィリエ・ド・リラダンが書いたコント集『残酷物語』に見られるとおり、社会は血みどろの加虐にあふれていたのである。

社会派は恐怖を先走りすぎた

そんな時代背景のもと、社会主義演劇とも連動して社会犯罪の不条理性をテーマとした演劇をめざしたアンドレ・アントワヌが、「テアトル・リブル」をスタートさせた。

二十九歳のアントワヌは、エミール・ゾラの写実主義運動に賛同して、写実主義の演劇をめざした。ゾラは解剖学の冷たい視点で人間の行動や遺伝、社会環境を掘りさげる運動を、演劇人に対しても呼びかけていたのである。しかし、三百七十三席あるモンマルトルの「テアトル・リブル」は数年間つづいたあと、ゾラの提唱した写実主義の斬新さが消滅するのと時を同じくして、一八九三年に閉鎖状態となった。観客を無視して進行する演技、実際の日用家具を使用したリアルな舞台装置など、一連の実験成果は見るべきものもあったが、ふつうの観客に最もアピールしたのは、パリ下層階級の悲惨な生活をテーマにした短い演劇だった。

「恐怖だけをめざす劇場」開設へ

劇場のイメージチェンジにあたり、一八九七年の春からスタッフの改編が行なわれた。新しい座長には、アントワヌとともに「テアトル・リブル」を立ち上げたオスカー・メテニエがすわり、モンマルトルに近いチャプタル街二十番地に「グラン・ギニョール劇場」を開設した。

新しい劇場は狭く、二百八十五席しかなかった。「とてもキャバレエにはならない」とジョークを飛ばされるようなところだった。しかしこの悪条件にあっても、メテニエには別のアイデアがあった。かれには怪奇趣味があったから劇場の奇妙な重苦しさに似合う演劇のスタイルを思いついたのである。赤裸々な下層民の生活に暴力とセックスと怪奇味を加え、かつて一世を風靡したゴシック演劇を再現させることであった。

一八九七年四月十三日に初演を迎えたとき、上演されたのは七本の出しものだった。そのうちの二本——とりわけ残虐味の強い戯曲は、メテニエ自身の作品であった。特徴はゾッとするシーンと大笑いするシーンを交互に繰り返す演出だった。これが「グラン・ギニョール」の名を一躍高らしめた「恐怖劇」のはじまりである。

だが、本質的にアヴァンギャルド運動を意識していたメテニエは、毎回ハッとするようなホラーを欠かさず提供することができず、四シーズン後にマックス・モーレという人物に劇場を転売せねばならなくなる。

マックス・モーレは演劇人ではなかったが、素人のこわいもの知らずで、新しい演劇を創始しようとする情熱を秘めていた。かれはメテニエが拓いた社会派ホラーの路線を継承し、「生きることの社会的怖さ」に代えて「死への恐怖」を全面に押しだす純粋な恐怖劇を上演することとした。舞台で血しぶきを噴きあげ、生首がゴロリと転がる趣向を採用したのは、マックス・モーレである。見ていて生理的に戦慄をおぼえる恐怖、気分が悪くなるほどのリアルな残虐場面の多用である。これがついにヒットとなり、一九〇四年には、「グラン・ギニョールを観るには、入場前に医者の診察が必要」と噂されるほどになった。

死に魅せられた劇作家ロルド

この新しいホラーを創造するのに力があったのは、劇作家のアンドレ・ド・ロルドである。ロルドは医師の息子だったが、幼いころからおそろしいものごとに関心をもち、父の診察室から聞こえてくる患者のうめきや悲鳴を立ち聞くことを趣味とし、死の苦痛にゆがむ患者の表情を想像しながら恍惚とする習慣があった。ロルドのホラー作法は幼児期以来の体験から生まれたのである。

死の魅力にとり憑かれたロルドは、長じて、ソルボンヌ大学の精神生理学者アルフレッド・ビネの治療を受けたが、その頃からエドガー・ポオの影響下に恐怖劇の創作を開始している。そこに舞台を提供したのが「グラン・ギニョール劇場」であった。一九〇一年から二六年まで、かれはこの小劇場のために百本以上もの戯曲を執筆した。

アンドレ・ド・ロルドの戯曲の一部を紹介しよう。

たとえば、一九〇七年初演になる『恐怖の島』。

カリブ海に浮かぶフランス植民地の島マルティニクに、フランス人が投獄されていた。地下牢である。あるとき囚人は地鳴りを感じた。巨大な火山の爆発を知らせる物音だった。島じゅう大パニックにおちいったらしく、獄舎から監視人たちが消えた。

囚人は地下に取り残された。はじめこそ、火山が噴火しても地下は安全と、囚人たちは気楽に話していた。しかし一人が、火口から出る有毒ガスの煙が、すぐに地下への酸素供給を断つだろう、と推測する。これを機に囚人たちは死の恐怖におびえだす。ゆっくりと、硫黄性の煙が囚人たちのまわりに立ちこめていく。

つづいて、『グドロン博士とプリュム教授の療法』（一九〇三年初演）。

二人のジャーナリストが、精神病患者を監禁せず解放して治療する方法を確立したグドロン博士を取材する。博士は、この人道的な治療法について説明するが、ときおり隣室から悲鳴や唸り声が聞こえる。しかし博士はわざと話題をそらそうとする。不審に思ったジャーナリストの前に、助手が患者たちを連れてくる。かれらは動物の真似をしはじめ、やがて襲いかかるそぶりを示す。ジャーナリストは危険を感じ、逃げようとするが、患者たちに襲いかかられる。

間一髪、二人とも守衛に救われるが、そのとき真相が発覚する。病院は患者に奪いとられ無法地帯と化していたことを。守衛たちは戸棚から、ほんものの博士の死体を引きだした。死体は傷つけられ見るも無残に損われていた。患者たちは、恐るべき表情で博士の死体をみつめ、悲鳴をあげ、大笑いしつづける。

ルヴェルの語った恐怖

以上、二本の劇を見れば、ド・ロルドが「社会的弱者に迫る死の恐怖」に異様な執着をみせていた事実が明白となる。グラン・ギニョール劇場はこのように、弱い者をいたぶる「危険で残酷な」ホラーを上演しつづけたのである。この劇場の脚本家には、他に、日本で戦前からホラー小説の大家として作品が『新青年』に翻訳紹介されたモーリス・ルヴェルがいた。

ルヴェルの残酷コントは今日まったく忘れられているが、ド・ロルドと同じように医学を修めたため、恐怖シーンが生理的に展開してゆく。死や死体を扱う手順も医学的であり、きわめてなまなましい。まさにグラン・ギニョールのために生まれてきた恐怖作家であった。同じく医学を修めた探偵小説作家の小酒井不木は、ルヴェルの作品を高く評価した日本人の一人である。ルヴェルもまた、パリの下層階級に属する貧しく弱い人々に襲いかかる肉体的恐怖について、執拗に語りつづけた作家であった。一例として、『ある精神異常者』のあらすじを紹介しよう。

パリに一人の奇人がいた。かれは曲芸や見世物を観ることをこよなく愛していたが、それには理由があった。危険な技を演じているうちにかならず発生する事故の瞬間に出会わせることを、無上の喜びとしていたのである。

猛獣使いがズタズタにされる事故も見た。そのほか、むごたらしい事故の現場を。やがて何もかもおもしろくなくなったかれの前にサーカス団があらわれる。目玉は危険な空中自転車乗りである。

かれは初日にその技を見て、久しぶりの感激を味わった。これだけ危い芸なのだから、かならず事故が発生する、と。連日のように芸を見に行くのだが、二ヵ月たっても事故はおこらなかった。

ある日、奇人は見知らぬ男に呼びとめられた。聞けば、その人物は空中自転車乗りであるという。ちょうどよい機会だったので、あのように危険な芸を見せるあなたはなぜに事故をおこさないのですか、と尋ねた。すると自転車乗りは秘密を打ちあけた。かれは空中でバランスをとり、神経を集中させるために、いつも目印を決めてそこだけを見るようにしている、と。初日、たまたま奇人を目印にしたところ、かれが連日同じ場所に坐るために、とうとう目が離れなくなってしまった。「したがって芸が成功しているのは、実は、あなたのおかげなのです」

翌日、奇人は、空中自転車乗りが芸をはじめるのと同時に、人知れずスッと席を移動した。とたんに場内に悲鳴があがった。奇人は満足してサーカス小屋を出ていった……。

ドイツ表現主義への影響

グラン・ギニョールの作品は、フランスでもすでに一九一一年からサイレント映画化され、アンドレ・ド・ロルドも脚本家として参加した。すでに紹介した『グドロン博士とプリュム教授の療法』がドイツで人気を博したのだが、この血なまぐさいホラーは、ロベルト・オズヴァルトのようなベルリンの映画作家に注目され、やがてドイツでも数作のグラン・ギニョール映画が誕生することとなった。

その一つが、ドイツ表現主義映画の傑作とされる『カリガリ博士の部屋』である。あの独特のセットや人物、無気味でセンセーショナルな恐怖は、プロレタリア芸術にも影響したが、その本質は、ほかでもない、グラン・ギニョールの恐怖劇の演出と装置をそのまま模倣したものだった。

表現主義芸術とは、グラン・ギニョールが発明した前衛的で残虐で、同時に下層市民の惨状に注目した社会派芸術のスタイルを、無邪気に真似たものとさえいってよい。

小林多喜二の転じた道

とはいえ、小林多喜二自身のほうでも、『蟹工船』のようなスタイルで辺境の労働者の戦慄的な状況ばかり書いていたら、自分がほんとうに暗黒ホラー作家になってしまうのではないか、と苦悩したらしいことは、十分に考えられる。たしかに多喜二は短期間ながらも北海道ナンバーワンの銀行に勤めるサラリーマンであったし、同時に共産党が推しすすめる文化運動のリーダーだった。政党的な方面が宮本顕治に引っぱられていたとすれば、文芸文化面はあきらかに多喜二の牛耳る分野となるのである。

そういう労働運動界の「エリート」が、徹底的に地獄へ墜ちてゆく貧民たちの体験をリアルに描くことには、どうしても限界がある。描くとしたら、まさに殺人鬼に追われる犠牲者の恐怖を描くホラー作家のように、労働者の恐怖を描くしかない。

もちろん、何ごとにつけフィクションの上でのリアリティーを獲得するためには、実際よりも過剰な表現が必要となるだろう。だから小林多喜二は、度の過ぎたグラン・ギニョール劇を書くしかなくなっていった。

だが、多喜二にとっても『蟹工船』はホラーとなった。たくさんの人間が、ただ理由《わけ》もなく虐《しいた》げられ、暴行を加えられるといった「純粋ホラー」を追究していくと、恐怖の快楽にとり憑かれて、窮極の地獄図みたいな光景に辿りつくしかない。それは「崇高な芸術」になるかもしれないが、共産党員をオルグり、資本家と対決するという「プロレタリアート作家」の本分と離れていってしまう。

そこで多喜二は『蟹工船』式のスプラッターホラーをやめて、オルグ活動に力を尽くす「個人」を描きはじめた。社会主義のもつ集団的人格をやめて、個人の体験をしっかりと描けるジャンル、すなわち「私小説」へ転じた。自分のことだけを書けば、無用な「労働者いじめ」のスペクタクル化を避けることができる。ホラー作家が純文学者になれる。

最後の小説『党生活者』

多喜二はそう考えた結果、最後の小説『党生活者』を、弾圧の荒れ狂うホラー的状況の中で執筆しようと思いたった。

『党生活者』は、いわば、多喜二自身の体験に限定したプロレタリアート文学の中の私小説である。『蟹工船』の場合のように、ヒヒヒと笑わせたり、きたない光景をあえて露呈したり、拷問の恐怖を徹底的にリアリスティックに描く、といったフィクションの迫力に頼らないことにした。その代わり、純文学の用語を借りるならば、自分で自分を突き放して相対化させた「私小説」の、人間らしいおもしろみが横溢するようになった。

なんのことはない。ごくふつうの作家になってしまったのだが、おもしろいもので、『党生活者』には多喜二本来の剽軽《ひょうきん》さや、鼻もちならぬ俗っぽさや、いつまでも懲《こ》りない女性好きの性質などが、実にほほえましく描きだされることになった。

たとえば『党生活者』には、工場で労働者を共産党の下に組織化するオルグ活動にいどむ女性が一人、登場する。伊藤ヨシというハリキリ娘である。何回か警察に捕まってもいる。あるとき伊藤の母親がお湯屋で「始めて自分の娘の裸の姿を見て、そこへヘナ〳〵と坐ってしまった」。伊藤の体は度重なる拷問のため青黒いアザだらけになっていたからである。

この伊藤ヨシに関して、『蟹工船』当時のスプラッターホラー作家小林多喜二ならば、彼女が警察で身ぐるみ剝がされ、裸体に鞭打たれるシーンを、えんえんと描いたにちがいない。そのシーンを誇張すればするほど、読者は共産党員に同情するだろうから。

ところが『党生活者』の多喜二は、もうそういうホラー描写をしなくなった。代わりに、母親の「改宗」ぶりについて報告する。

彼女の母親は、娘に同情し、急に娘びいきになるのである。

「娘をこんなにした警察などに頭をさげる必要はいらん！」

と怒り狂う。それまでは娘にビタ一文援助したことがなかったのに、二円くれといわれれば四円、五円といわれれば七、八円も渡してくれるようになった。

「たゞ貧乏人のためにやっているというだけで、罪もない娘をあんなに殴《な》ぐったりするなんてキット警察の方が悪いだろう」

と、母親に会う人ごとに説明するようになった。

といって、伊藤ヨシは理論にこりかたまった共産主義ファンダメンタリストでもない。

未組織の労働者の心をつかむ天才であって、「少しでも暇があると浅草のレビュウへ行ったり、日本物の映画を見たり、プロレタリア小説などを読んで」もいた。そういう俗っぽい話題をたっぷり仕入れておいて、未組織をつかむときに話題を持ちだして利用するのである。多喜二は彼女について、こう書いている——、

「余談だが、彼女は人眼をひくような綺麗《きれい》な顔をしていたので、黙っていても男工たちが工場からの帰りに、彼女を誘って白木屋の分店や松坂屋へ連れて行って、色々のものを買ってくれた。彼女はそれをも極めて、落着いて、よく利用した」

——と。なんだか、この伊藤ヨシという娘に会ってみたくなってくるではないか。『蟹工船』には、ついぞ見かけなかった、魅力的な人物が登場するのである。

おまけに、彼女は工員に配るためのビラを、ぴっちりしたズロースの中に押しこんで出勤する。便所へはいって、ズロースからビラを取りだし、それを工員たちに配るのである。だから警察にも目をつけられ、ズロースまで脱ぎとられてまっ裸にされ、竹刀の先でこづき回されたことも、二度ほどある。

で、こういう描写を読むと、凡俗なるわたしたちは不謹慎にも、スプラッターホラーの悲愴美を売りものにする作家には絶対に書けないギャグを、ふと思い浮かべてしまう。

どんなギャグかは、あらためて書くまでもないだろう。そのビラを受け取った工員が、紙の表面をクンクン嗅いで、「なんか、いい匂いがするじゃねえか」とウットリする――、
といった類の、卑猥なギャグをである。

では、ホラー作家を捨てた私小説作家、小林多喜二は、わたしたち凡俗の徒が連想するギャグを『党生活者』の中で書いただろうか？

うれしいことに、多喜二は書いてくれているのである！

須山は躁《はしゃ》いで、何時《いつ》もの茶目《ちゃめ》を出した。

「あのビラ少し匂いがしていたぞ！」

と、伊藤にそんなことを云った。私は、「こら！」と云って、須山の肩をつかんで、笑った。

正直、筆者は小林多喜二がとても愛《いと》おしいと思った。本質的にお坊っちゃまの小林多喜二には、『蟹工船』よりも『党生活者』の剽軽な味が、本来の味だったのではないかとさえ考えられる。

そんなわけだから、筆者がその当時、多喜二の読者であったなら、『蟹工船』ではなく『党生活者』のほうに惚れこんで、共産党系の文化労働に参加したかもしれない。

第二章　江戸川乱歩の困惑——プロレタリア文学は探偵小説だった

プロレタリア文学の〝文豪〟、葉山嘉樹

大正後期から昭和期にかけては、葉山嘉樹や黒島伝治をはじめとする「血みどろ」のプロレタリア文学者が多数輩出した時期にあたる。ときあたかもエロ・グロ・ナンセンスと称された時代潮流のさなか、このキャッチコピーが最もよく妥当するのは、ほかでもない、プロレタリア文学の内実であった。当時プロレタリア文学は容赦のない残虐描写を通じて、まちがいなく現在のホラー小説と同じく恐怖と暴力を売りものにしていたからである。

その一方の雄として、葉山嘉樹に注目しよう。私生活では奇妙な結婚を繰り返し、息子を餓死させたとの噂もある葉山には、数え切れぬほどの怪作、異常作が揃っているが、どうしても『セメント樽の中の手紙』（大正十五年）を挙げなくてはなるまい。この作品は、セメントを造る破砕器《クラッシャー》に嵌《はま》り骨も肉も魂も粉々にされて「立派にセメントとなった」青年の悲運をものがたる。あまつさえ、その青年を愛した女工の手紙という形式によって書か

れているところも気味悪く、恋人の体の一部が混じりこんだセメントを使う労働者に宛て、

「私にお返事を下さいね。その代り、私の恋人の着てゐた仕事着の裂《きれ》を、あなたに上げます」

と、ハードボイルド・タッチで締めくくられるラストが、まことにこわい。乾いているだけに、全体はシャルル・ペローの残虐童話じみた味を出している。

また、『淫売婦』(大正十四年)と題した短編も、書き出しからして幻想小説めいている。

「若し私が、次に書きつけて行くやうなことを、誰かから、『それは事実かい、それとも幻想かい、一体どつちなんだい?』とたづねられるとしても、私はその中のどちらだとも云ひ切る訳に行かない。私は自分でも此問題、此事件を、十年の間と云ふもの、或時はフト『俺も怖《おそ》ろしいことの体験者だなあ』と思つたり……」

——するのである。ではいったい、それはどんなにおそろしい体験だったのか。なんと! この作品の主人公である「私」は、生きている屍体と対面するのである。

「彼女の肩の辺から、枕の方へかけて、未だ彼女がいくらか、物を食べられる時に嘔吐したらしい汚物が、黒い血痕と共にグチャ**に散らばつてゐた。髪毛がそれで固められてゐた。それに彼女の(十二文字不明)がねばりついてゐた。そして、頭部の方からは酸敗

した悪臭を放つてゐたし、肢部からは、癌腫《がんしゅ》の持つ特有の悪臭が放散されてた」

『二つの心臓』と『二銭銅貨』

つづいて、葉山嘉樹の紹介で労農芸術家連盟に加わった岩藤《いわとう》雪夫の『二つの心臓』（昭和三年）にふれよう。この作品も、胃に酸が湧いてくるような気味悪い作品である。上海で国民軍による共産党狩りが発生した日、売笑婦千代子は、追われてきたかつての恋人と再会する。彼女はその恋人をかばい、追手の兵に撃ち殺される。恋人のほうも兵士一人を殺害してのち、やはり殺される。

二時間後、恋人の同志が血みどろの現場へやってくる。そしてジャックナイフを引き抜き、同志とその情婦千代子の胸を切り裂いて心臓をつかみ出す。

「ベッドの側に女が客と遊んだ後に××××する金盥が在つた。彼の指とジャックナイフと二箇の心臓は、其の金盥の水で清められた。血液を絞り切ると心臓は収縮して石のように堅くなつた。彼は其の赤い筋肉の表面にナイフの先で、同志の名と、死に場所を彫りきざんだ。女の方のには――××の愛人――とのみ記した」

このようなおぞましい物語をさらにもう一例つけ加えることは、すこしばかり気丈さが要る仕事だが、黒島伝治の『二銭銅貨』（大正十五年）だけは話の都合上、紹介しておかなければならない。

この小品は、独楽《こま》の緒を欲しがる息子に、望みの品を買ってやる貧しい母親の話である。独楽の緒は十銭。しかしふつうより短い緒が一本あって、それならば八銭でよいというので、母親は二銭銅貨をひとつ「儲けたような気がして嬉しかった」。

しかし、幼い息子藤二は、自分のつかっている独楽まわしの緒が、仲間のよりも短いことに気づき、これをすこしでも引き延ばそうとした。むろん子供の力では緒を延ばせない。貧しい一家のことゆえ、藤二は牛小屋で番をさせられるが、そのあいだも緒を柱に引っかけ、両端を引いて延ばそうと努力しつづけた。子供のうしろでは牛がぐるぐると歩き回っている……。やがて父親が牛小屋に戻り、息子が倒れているのを発見した。頸がねじれ、頭が血に染まっていた。物語は、母親の心の叫びで終わっている。

「あんな短い独楽の緒を買うてやらなんだらよかったのに！——緒を柱にかけて引っぱりよって片一方の端から手がはずれてころんだところを牛に踏まれたんじゃ。あんな緒を買うてやるんじゃなかったのに！　二銭やこし仕末をしたってなんちゃになりゃせん！」

もはや慄然とするほかない。これは単なる労働者階級の悲嘆を超えている。人間の運命ないし宿世を語った哲学小説と呼ぶべきかもしれない。いや、「山椒太夫」のような中世の説経節の偉大な末裔と評してもよい。この時期のプロレタリア文学が、人間が虫ケラのように殺されていく光景を好んで扱ったにせよ、『二銭銅貨』のように階級闘争をはるかに超えて縁起本覚論の世界にまで達した作品も少なかろう。自分が飼っている牛に無意味に殺される労働者の息子を描くとは、何というアナーキーな宿命観であることか。

江戸川乱歩登場

さて、先ほど、『二銭銅貨』を引用するのは、筆者に狙いがあってのことである、と書いておいた。狙いとはつまり、ここで本物のホラー小説作家に登場願おうという手筈だったからである。大正十二年、偶然なことに同名の題『二銭銅貨』という短編で文壇にデビューした江戸川乱歩こそ、その人にほかならない。

乱歩は、葉山嘉樹とも奇妙な縁を結んでいる。大正十五年十月に乱歩は名作『パノラマ島奇譚』の雑誌連載を開始した。その一節に、次のような文章がある。

「……大きな、先のとがったハンマーを取出し、髪の毛の下あたりを目がけて、力まかせに打ちおろし、長いあいだ辛抱づよくそれをつづけて、ついにコンクリートに深い穴をあけてしまいました。すると、そのハンマーの先を伝って、なかば凝固した毒々しい血のりが、おそらく死美人の心臓から、トロリと流れ出したのです」

これは、コンクリートに埋めこまれた千代子（！）夫人の死体が発見されるシーンである。死体がコンクリートの一部に混じりこむ話は、冒頭で紹介した『セメント樽の中の手紙』を即座に思いださせよう。しかも十五年一月に葉山嘉樹は、この作品を発表しているのである。

もちろん、葉山の作品では青年の体が粉々になってセメントに混じるのだが、乱歩だって負けてはいない。『パノラマ島奇譚』の主人公人見広介の五体は、「花火とともに、粉微塵《こなみじん》にくだけ、彼の創造したパノラマ国の、おのおのの景色の隅々までも、血潮と肉塊の雨となって、降りそそいだのでありました」

驚くべき類似は、それればかりではない。乱歩は『押絵と旅する男』の書き出しを、「この話が私の夢か私の一時的狂気の幻でなかったなら、あの押絵と旅をしていた男こそ狂人であったに違いない」と綴る。これもまた『淫売婦』の書き出しに酷似しているではないか。

ホラー小説≠プロレタリア文学

プロレタリア作家とほんものの怪奇小説作家とが、なぜにここまで瓜二つの文章や筋を思いつけるのか。ただし、もしもプロレタリア文学がホラー小説であり得るなら、逆もまた真なりとの原理から、本格的なホラー小説をプロレタリア文学として読むことだって可能になるはずである。

　そこで思いだされるのが、乱歩の異様な作品『芋虫』である。この作品は昭和四年、怪奇探偵小説のメッカ『新青年』に『悪夢』という題で掲載された。しかし乱歩自身によれば、『悪夢』は元来、雑誌『改造』に載る予定であったという。『改造』がプロレタリア文学に好意的な雑誌だったことは周知の事実である。ところが、乱歩が『改造』に依頼されて書いた作品は、「内容がエロな上に、その頃タブーとなっていた金鵄勲章を軽蔑したような文章があったので、いくら伏せ字を多くしても、当時その筋から睨まれていた『改造』にはとてものせられないというので返されたのを『新青年』に廻した」（『自註自解』より）のである。

　このなにげない一文は、途方もない真理を証言している。乱歩は元来プロレタリア文学として書いた作品を、やむを得ぬ事情のために怪奇小説として発表したのである。これは筆者の独断ではない。乱歩自身も次のように語っているから、普遍性をもつ話なのである――、

「この小説が発表されると、左翼方面から称讃の手紙が幾通もきた。反戦小説としてなかなか効果的だ。今後もああいうイデオロギーのあるものを書けというのである。しかし私はこの小説を左翼イデオロギーで書いたわけではない。この作は極端な苦痛と、快楽と、

惨劇とを書こうとしたもので、人間にひそむ獣性のみにくさと、怖さと、物のあわれともいうべきものが主題であった。反戦的な事件を取り入れたのは、偶然それが最も悲惨を語るのに好都合な材料だったからにすぎない」（傍点、筆者）。

『芋虫』は、作者がプロレタリア文学だと宣言しさえしていたら、まちがいなくその分野の傑作として『セメント樽の中の手紙』と肩を並べて歴史に残ったろう。この作品は戦争で四肢を失った廃中尉が、尖情のみ昂進し妻と異様な性生活を繰りひろげる顚末を描く。倒錯的性愛の果てに、妻は夫の両眼を突いて出奔してしまうが、夫は不自由な身で「ユルス（許す）」と書き置きしたのち、井戸に身を投げる。病に犯された体で、なおも男に抱かれつづける売笑婦を描いた葉山の作品と、多くの点で共通点を持っている。

乱歩『二銭銅貨』にみる社会主義思想

乱歩が探偵小説と銘打った処女作『二銭銅貨』もまた、黒島伝治の同名の作品にこと寄せるわけではないが、プロレタリア文学と呼んで差し支えのない小説である。この作品の底辺にあるのは、「泥棒は悪でない場合もある」という一般大衆の本音《ほんね》に訴えかける逆説である。労働者が資本家から正当な分け前を得る目的でなら、たとえ泥棒を実行しても許される。だから『二銭銅貨』の冒頭は、「あの泥棒が羨《うらや》ましい」と書き始められることとなる。
六畳一間の貧之暮らしをつづける「私」と松村武《たけし》は、ある泥棒事件に関心を抱いた。芝区の大きな電機工場で職工給料日に盗難が発生したのである。ちょうど賃金を袋詰めしている最中に、朝日新聞記者を名のる男が支配人に会いにきた。職工待遇問題について意見を聞いていたが、支配人が便所へ行った隙に消えてしまった。その直後、給料が盗まれたのである。

さて、この怪事件をめぐって推理がどう展開されるかと思いきや、犯人はすぐに捕まってしまうのだ。給料を盗んだ手口も自白し、乱歩はその筋をごく手短に解説していく。ところが犯人は、盗んだ五万円の隠し場所だけを黙秘し通した。あるとき、同居する松村が煙草屋で釣りに渡された二銭銅貨をきっかけとして、ついに五万円の隠し場所を突きとめるのだが、その推理部分は今われわれには関係がない。実はこの五万円に関してだが、盗まれた工場から懸賞金付きで隠し場所の捜索が依頼されていた。懸賞金は五千円。しかしこれでは当然ながら、五万円を発見した人間が届けでるはずもない。

「彼にいわせると、その金をばか正直に届け出るのは、愚かなことであるばかりでなく、同時に、非常に危険なことであるというのであった。（中略）それより恐ろしいのは、あいつ、紳士泥棒の復讐である」

と、乱歩は松村にいわせている。さらに、泥棒の盗んだ金の横取りが犯罪ではないことを、乱歩は物語の結末部でもういちど巧妙に論じる。つまり、松村が手にした五万円は贋《にせ》金《がね》だったのである。おもしろいことに、当時花柳界や粋人のあいだで本物と寸分違わないおもちゃの紙幣を使いあうことが流行していた。私家版の紙幣である。インフレに対する皮肉な当てこすりといえる遊びである。ここで乱歩は、おそらくそれと意識せずに社会主義の本質論を小説化してみせた。すなわち、本物の紙幣とされる日本銀行券も、実のところ「おもちゃの貨幣」でしかないことの痛烈な暴露である。

推理小説と政治的メッセージ

この時代は、たしかに日銀券が「おもちゃの紙幣」化したときでもあった。大正六年に金本位制が停止され、円は暴落していたからである。この紙切れはさらに大正九年に至り今のバブル崩壊と同じ金融恐慌を発生させた。これに社会主義の貨幣論が油を注いだ。詳しい経緯を、日本では数少ない驚異の空想社会主義者田岡嶺雲に解説してもらってもよい。嶺雲はかれの考える社会主義を論じた『壺中観』（明治三十八年）において、「盗心は自然也」と断言した。ウィリアム・モリス風にいえば「アダムが耕し、イヴが紡いだとき」資本家だの地主だのは存在しなかったから、自然物や物産品に私有権はなく、誰もが欲しいだけ使えたのである。盗心は罪でないどころか、そもそも盗むという概念自体が存在しなかった。

　では、盗みはいつ発生したか？　私有財産制が布《し》かれてからである。財力に基づく不平等不公平の弊害は「貨幣制度」に由来する。貨幣が一つところに集中し、貧富が生じると、貧者はそれまで罪でも何でもなかった「自由に自分のものにすること」ができなくなる。もし勝手に自分のものにすれば、盗みとなる。換言すれば、貨幣が「盗み」という犯罪をつくりだしたともいえよう。田岡嶺雲は社会共産の理想を実現するため、貨幣制度を廃して物々交換に復帰せよ、と叫んだ。

　そんな時代の中の『二銭銅貨』だった。たった二銭を惜しんだために息子を死なせる羽目となった黒島伝治の小品は、自虐的なプロレタリア文学とするよりも単純な残酷譚としたほうが効果的だったのに対し、乱歩は推理小説の処女作において「盗み」も「貨幣」もともに意味を失うというきわめて政治的な小説を完成させた。これを探偵小説と銘打ったことは、黒島の作品をプロレタリア文学の枠内に押しこめたのと同じくらい、勿体ない話であった。

　ところで、探偵小説とプロレタリア文学とのあいだには、もっと実際的なきずながあった。江戸川乱歩や夢野久作を世に出した『新青年』は、版元の博文館内に一派閥を形成していた森下雨村を編集長にいただいていた。森下はロシア文学の専門家であり、このロシア文学を通じて「社会性」ないし「都市性」をそなえた新しい分野「探偵小説」に、犯罪と労働者の悲劇という両面を導入しようとした。この狙いは、プロレタリア文学のそれとも軌を一にし、平林たい子をはじめ多くのプロレタリア作家を探偵小説執筆にいざなう契機をも提供した。存外、この二つのジャンルは隣接しあっていたのである。

第三章　肉欲と労働者——プロレタリア文学はセックス小説だった

「生理」の支配した時代

プロレタリア文学は、なるほど真摯で殉教めいた真面目《まじめ》さを基調に置いているけれど、案外に純愛ロマンに冷たく、かえって過剰なセックスの冒険を描くことに熱心である。

風俗産業通《がよ》いに始まり、不倫、猥褻、覗き、変態性欲などの分野に対しても、社会悪の問題としてプロレタリア文学の関心はいちじるしい。ただ一つ、譲れない一線があるとすれば、それは、過剰なセックスの追究を「資本家の仕組んだ罠」のせいにしている点だけである。

プロレタリアとて生身の人間であるから、女に溺れることもある。性に耽ることもある。売春宿にも通うことだってあるだろう。フランスに、そうしたセックスの誘惑を人生の真相と捉えたプロレタリア文学作家がいた。アンリ・バルビュスといい、筆者をしていわせるならば、プロレタリア文学界の「キンゼイ報告」と呼ばれるべき作品を書きあげた人物である。

たとえばかれの出世作『地獄』は、まだプロレタリア運動との関係が切《せつ》なものになっていなかった時代の作品とはいえ、ごく一般の人々の性愛を〈裏窓〉からあからさまにレポートした問題作だった。宿屋の壁穴から密室を覗き、そこに展開するさまざまな秘密の生活を暴露したのである。

実は、バルビュスの時代はあらゆる局面で〈生理〉がキイワードだった。性の衝動を、恋愛だの何だのと美化するのではなく、生理の視点で徹底的に追いつめると、理性とはまったく別の人間性が見えてくる。愛などというものは、詰まるところ性的欲求が生みだした幻にすぎず、満たされて幻が消滅すれば、愛だ恋だは色褪せるのである。

バルビュスが初期に影響を受けたエミール・ゾラは、生理から一歩すすんで、遺伝あるいは血のつながりを軸に、あらゆる人々の性格や社会的運命をも記述してしまおうとした。今日の「血液型性格論」も恐れ入るようなすさまじさであった。

バルビュスの代表作『クラルテ』

さて、そのバルビュスが脂の乗り切った時期に発表した『クラルテ』という作品がある。第一次大戦に出征したバルビュスの実体験に裏打ちされているだけに、きわめて力のこもった作品といえる。男がしばしばおちいるセックスへの過剰な衝動を題材に捉え、エロ・グロに堕しかねぬ危険をおかして執筆した勇敢さもいい。

昭和五年にこの作品の日本語訳を手がけた佐々木孝丸は、そうしたバルビュスの試みに影響を受けた人物である。大正から昭和初期にあって、この『クラルテ』はプロレタリア文学運動の代名詞ともなった。というのも、『クラルテ』を一九一九年に書きあげてのち共産党に入党したバルビュスは、当時の知識人を動員して国際的な反戦・反ファシズム雑誌『クラルテ』を刊行し、文学運動の大きなコアを形成したからである。ゆえに、クラルテは国際的に通用する進歩的文化人の合い言葉ともなった。訳者の佐々木孝丸も、日本におけるクラルテ運動の拠点『種蒔《たねま》く人』を本拠にして、積極的な活動を見せた同人であった。

ちなみに、クラルテという題名が「光」を意味するという事実をあきらかにしておこう。そこで、人間の獣性の残滓といえるわれらのセックス地獄に、光明はあるのだろうか。

物語は、まだ若い主人公シモン・ポオランの平穏なプロレタリア生活から出発する。シモンは町工場の書記であり、職工よりはえらい人間だということを、つやつやさせた頭髪と口《くち》ひげとで表現する、そんなふつうの市民である。仕事が終わり、夕暮れの町へ出て行く職工たちに交じり、かれも急ぎ足で帰ろうとする。
「眼下にはギキエーの灯火の煌めくのが見える。終日の苦労に疲れ果てた人々は此の地上に横たはる星の群へ向つて歩いて行く。夕暮になると、疲労が襲つて来ると同様に、また希望も湧いて出るのだ。それは誰も同じことだ。私もやはり、私の灯火の方へと歩いて行く。毎晩のように、みんなのように」

といって、かれら労働者が帰りつく家や居酒屋がパラダイスというわけでもない。シモンも不良仲間に加わって女たちと情事を重ねることもあったが、決して建設的なものではない。現に、関係した女のことは、その肉体以外、何も記憶に残らないのだ。町が情欲に向けてうごめきだすのは、いつも教会の礼拝が終わった日曜の夕暮れである。そんなときシモンも町に出る。

「河の堤に立つて誰かを待つてゐる一人の女が私の眼に這入る。彼女は、真珠色の雲を背に受けて、身体の半面をくつきり描き出してゐる。私は彼女の名を想ひ出さうとする。が併《しか》し、私は唯彼女の女らしい不動の美に覚えがあるだけだ」(傍点は筆者による)

ある日曜日、シモンは、そんな女友達の一人アントニアと出会う。「情欲の漲つた目で彼女を貪ぼり眺める」男たちに囲まれて、そばを通りかかるアントニア。が、シモンは彼女に目を向けない。小声で呼びかける彼女を置いて、通りすぎる。

また、暗い街灯のようにポツンと立っている孤独なルイズ・ヅルトも、ときに見かける。おそろしい程に醜い彼女は、「良い機会があつたときにも、あんまり操《みさを》を守り過ぎて」その機会を逃がしてきた相を顔に出している。彼女は貞操に復讐してやりたくて、情人を持ちたいと、だれかれなく話しかける。だが、彼女を欲しがる男はいない。子供ですら、「あのお姉ちゃんは男が欲しいのよ」といって、からかう。

だが、シモンは女たちに関心を失ったのではない。従妹のマリーに恋していたのだ。「背が高くて、美しくて丈夫で愛嬌がある。そして彼女は腰の広いヴィナスの様に、喋り乍《なが》ら遠慮勝ちに歩む。彼女の唇は彼女の瞳のやうに美しく輝いている！」

シモンは幼い頃から伯母に育てられてきた。親なし子の劣等感を撥ね返すために書記となり、他の職工とは区別される地位についた。当然、妻となる女についても望みは高かった。誰とでも情事を交わすような街の女ではいけないのだ。

この二人が急激に接近するのは、伯母の死を契機としてのことであった。悲しみを分ちあい、葬儀を共同でとり行なううちに、逢瀬《あいびき》を許しあう仲になるのである。たとえば、こんな具合に――、

「燐寸《マッチ》が消えかゝるので私はそれを投げ捨てる。小さな焔の最後の揺めきは、質素な黒いセルのスカート（中略）と、彼女の靴とを照し出して呉れた。靴下には踵のところに穴が

穿《あ》いてゐる。私達は二人ともその穴を見た。気敏《きざと》く羞《は》ぢて、マリーは足をスカートの下へ引く。そしてこの私は、私の眼が彼女の匿してゐる肉体の一部に、露はな白い肉体の一部に触れたために前よりも更にひどく打ち顫える。（中略）物狂ほしい欲望に充たされてゐた私は、この夜彼女と握手することさへ忘れた程、勝ち誇つた気持になつてゐた」

バルビュスの性描写

バルビュスは肉欲の描写を、おだやかにだが粘《ねち》っこく継続させる。マリーの留守中、彼女の部屋にあがりこんで発見した黒い着物に対しても、「私の手が泥棒の様に伸びる。始終マリーの肉体に触れてゐる此の着物を触つたり撫でたりする」といった具合に、なかなかの衣服フェチぶりを発揮する。しかし変態フェチの描写だけではない。初めての口づけもまた、読む側の腋下あたりがピクピク痙攣してくるような生理的感覚にあふれている。

「……二人共疲労に負けて、到頭《とうとう》、並び合つて階段に腰を下す。頭上にたつた一つの円い窓を張り出した家の中では何の物音もしない。階段が狭いので私達は互に凭《よ》りかゝつてゐる。彼女の温味が私の身体に伝はる。彼女の身体から出る朦朧とした光輝によつて、私の身体が揺り動かされるやうな感じがする。彼女の肉体の温味も、また彼女の頭の中の考へまでも私達は二人で共有してゐるのだ。（中略）彼女は振向く。と、彼女の素顔を見たのはこれが初めてのやうな気になる。私は片手を彼女の肩に回す、『接吻して』彼女が言ふ。話を止める。吃《ども》る」

こうなると、次は性交シーンに発展せざるを得ない。バルビュスは、フランス人ということもあろうが、女を裸にしたあとの描写をまことに美しくまとめあげている――、

「……遠方の山々を永遠の背景にして、全裸体の女神が美しく、燦爛と輝く光の中に立つてゐる。女神の白い腰はそれよりももつと白いリンネルのやうな石のヴェールで飾られてゐる。滑らかな苔の生えた古い台石の前で、私はマリーを力一ぱい抱き緊める。神聖な森の静寂の裡で、心ゆくまで彼女を愛撫する。そして彼女をその女神の様にさせるため、私は彼女の黒い胴衣《ジャケット》を解き、その肌衣についてゐるリボンの肩飾りを下げて、彼女の広いまるつこい胸を裸にする――」

日本との比較

以上のような場合は、性描写に慣れすぎた現代人の目で読めば、単にネットトリとした濡れ場としか思えないかもしれない。そこで比較のために、同じ昭和初期に著された文章のうち、猥褻として伏字にされた例を挙げてみる。「妾《あたし》は男を××様にあの女を××××

××込んだの……すると、あの女は妾を接吻して夢中になつて×××××、とう〳〵妾をすつかり×××にさして仕舞つたの」（『グロテスク』昭和三年十二月号）

これは媚薬や恋愛魔術の研究家であったマニアックな酒井潔が書いた、『レスビエンヌ』と題するエロティックな対話の一部である。掲載誌『グロテスク』は、知る人ぞ知る大正エログロナンセンス時代を代表する趣味雑誌である。さて、この×にされた個所だが、さいわい筆者の所蔵するコピーには、ペンで元の言葉が書きこみされている。で、伏字部分を復原させると、

「……妾は男を抱く様にあの女を両腕の中へ捲き込んだの……すると、あの女は妾に接吻して夢中になつてやり出して、とう〳〵妾をすつかり有頂天にさして仕舞つたの」

となる。当局からエロ雑誌と睨まれた『グロテスク』の伏字文章よりも、もっとねばねばしたエロティックな描写が、プロレタリア芸術の代表作にまぎれこんでいた事実が、これでよくわかると思う。だとすれば、プロレタリア文学や反戦文学、さらに反帝国主義文学や社会主義文学が、ポルノグラフィーを通じて人間真理の解放という重大な役割を担い得た可能性さえ予感できる。

クラルテ＝光明を見出したシモン

さらに『クラルテ』を読みすすめよう。すごいのは、結婚したシモンとマリーの後半生である。いくら美女のマリーでも、十数年して三十五歳の峠を越えれば、いかに出産経験がなくても色香を失ってくる。まして、書記のおかみさんだ。家計のやりくりに疲れて、ぬか味噌くさくなってもくる。

ところが夫のシモンは、さんざ浮気を繰り返したあげく、愛した妻にもはや情欲を感じなくなり、「昔のマリーに今の彼女よりももっと似ている若い妹マルト」に狙いをつける始末。

これでは不倫どころか、姉妹ともに手を出すというエロ小説的展開の実践である。こうなると読むほうも鼻息が荒くなってこようというものだ。同時に、プロレタリア文学に恋愛小説は向かないが、しかし不倫愛欲小説はよく似合う、という仮説もいよいよ現実味を帯びてくる。

と、期待を高めたところで、バルビュスは物語の後半にかかるのだが、まさしくショッキングな事件がここで勃発する。戦場に駆りだされたシモンが、敵の砲弾を受けて内臓まで吹き飛ばされてしまうからである！　当然、シモンは死ぬ――。

『クラルテ』は、これでまだ物語の半分にさしかかったばかりである。死んだシモンの霊が、宇宙や冥界をただよい、現代風の洋服を着たキリストにも会う場面が出現し、おどろくなかれ幻想ファンタジーの様相を一気に呈しだすのである。しかしそのあと、昏睡から醒めたシモンは前線病棟の中にいる自分を発見する。重傷だが死んではいなかったのだ！

キリストのことば、

「平時には無理無体な労働の刑を科せられ、戦時には、死の刑を科せられる人々、そしてただ光明《クラルテ》のみを欲している貧しい人々にのみ救いがある」

が思いだされる。

これでどうにか後半の展開に「光《クラルテ》」が出てきたわけだが、肝心の後半部分はうって変わって「反省小説」のおもむき一辺倒となる。生理や情欲が消えるのだ。女として魅力を失ったから放りだした妻マリーが、突然、自分にとってすべてであったことに、シモンは気づく。かれはこの発見を、「真理」の発見と呼ぶ。一方読者の側は、こんなに急にポルノでなくなっていいのだろうか、と叫びたくなるが、もっと先を読んでいくと――、

――するとシモンは、ある日ついにいたたまれなくなってマリーに前非を詫び、稀に見るほど徹底的な自己批判と告白とを口にする。不倫、浮気のすべてを妻に打ちあける。

「何人も、これ以上に完全な懺悔をなしたものは、是迄についぞ一人もあるまい。そうだ、男と女とが背負つている運命の中に在つては、嘘を吐かないためには、殆んど狂人にならねばならない」

と、シモンが肉体だけの愛の虚しさについて告白する場面へと転じている。これに対し、自ら女の魅惑を失《な》くした事実を認識しているマリーは、「ぜんぶ知つていましたわ」と答え、「それでもやはり愛は愛ですわ。私はもう、あなたに愛されてないのですもの」と嘆息する。彼女は肉欲もまた愛の一部だと考えているのである。

ところがシモンは、狂気に駆られるがごとく未知の女たちの「肉の宝」をあさり回った自分を恥じる。女の魅力を失ったマリーがそうした幻としての愛にこだわりつづけるのとは対照的に。彼女は青春という麻痺の時代に得た神秘な姿への郷愁を忘れられない。

男女のセックスは、労働者と資本家の関係と同じ?

むろん、『クラルテ』の結末は政治的な意味で建設的な方向へと落ち着いている。愛さなくなった状態の夫婦こそ、勝利である、といっている。が、これは悟りをひらいた、という意味とは違う。プロレタリア文学だから、結末に〈恰好〉をつけただけのことだ。しかし真の衝撃は別にある。青春の肉の遍歴を描く前半のエロ小説、そして死にかけて分かった性の真相を語る後半の反省小説と、まことに奇怪な構成をもつこの作品は、性的魅力のなくなった同士の男女が「勝利の和解」に至った理由《わけ》について、途方もない「文学上の真理」を啓示してくれるからである。これはあまりにもありがたい啓示であるから、公開したくないのだが、書かないと一章を閉じられない。プロレタリア文学が、なぜ青春恋愛ロマンに関心を示さず、かえってエロ小説のごとき肉欲描写に情熱を燃やしたのか、その理由はこうなのである。

　青春時代の恋愛は、相手を美化し現世を美化する「麻薬」の一種にすぎず、すべての対立を曖昧にさせる観念小説の題材なのである。これに対し、現実を直視し真理を叫ぶプロレタリア文学は、幻の快楽でなく闘争の現実を描かねばならない。その場合、セックスでのみ結ばれる肉欲的な関係は、「決して二人の恋人同志ではなく、むしろ互いにぴったり結びついた二人の敵《かたき》同志」となる、とバルビュスは断言した。性的関係をもつ男女を、労働者と資本家の関係と同じく、対決と捉えた瞬間から、プロレタリア芸術《アート》はセクシャルな人間関係への切り口を手に入れた。これはもちろん、セックスを男女の心理＝生理ゲームと捉えるに至った二十世紀後半に道をひらく、先駆的発想であった。

第四章　メトロポリスの人造人間――プロレタリア文学はSFだった

SF映画『メトロポリス』の光景

SFというジャンルには社会主義国が強い関心を示し、旧ソヴィエト連邦でも多くの名作が書かれた。プロレタリア革命が成功した未来の光景を一般に普及する上でも、また未来図を描く上でも、この文学形式は好ましいものであったと推察できる。そしてときには、全体主義国や社会主義国で最高のエンターテインメントの一つになったのである。

ある意味からするときわめてプロレタリア文学的な内容を有する、フリッツ・ラングの傑作SF映画『メトロポリス』を鑑賞していて、ある異様な光景にぶつかった。このドイツ表現主義映画の中に、唐突にも、ヨシワラなる歓楽街が登場したからである。

もとより、切腹を映画の題材として取りあげるなど、日本文化にふかく関心を抱いていたらしいラングであってみれば、ヨシワラという日本語に何を表現させたかったかは、あらためて書くまでもなく明瞭なことである。真面目な人間をおとしいれる性的快楽の罠というイメージをこの日本語に象徴させたかったのである。この未来映画では、資本家が神として君臨する大都市メトロポリスに君臨する巨大なセックス・エンターテインメントの役割を、地下生活を送る労働者たちの不満を解消させる目的にも活用するシーンがあらわれる。原作を担当したテア・フォン・ハルボウはそこを次のように描きだす。

「……するとその自動車のすぐ傍《そば》に、音もなく走ってきた自動車があります。大きな真黒に光っている影です。四つの車輪の上に置かれた車体の中は、一面の花に飾られて、疲れたような電灯の光に照らされたクッションの上には、一人の女が腰掛けておりました。（中略）光ったマントに全身を包んでいます。そのマントの中から裸の肩が、疲れたように白い色の鷺鳥の羽根と一緒に覗いています。

女の顔は実に異様な化粧をしていました。何だかまるで人間や女ではなくて、何か競技か、或いは殺されそうな動物のような、見馴れぬ表情を示しているのです。

ゲオルギイの見た視線を静かにしっかりと摑んでおいて、女は宝石の輝く右手と、肩と同じように疲れた白い色の裸の細い腕とを、膨らがったマントの中から静かに抜きだして、いかにも力のない淫らな手つきで、その広告の紙を扇のようにしてあおぎ始めたのです。その紙の上にはヨ、シ、ワ、ラという文字が書いてあります……」（秦豊吉訳）

ゲオルギイは第一万一千八百十一号と〝名〟のついた労働者で、メトロポリスの地下鉄道のもっと下にある、監獄のような家に住んでいる。もちろん、ふだんなら労働者は地上へ出て歓楽街に身を沈めることなどできるわけもない。しかし、偶然の機会に恵まれた結果、労働者は生まれて初めて「ヨシワラ」に足を踏みいれることになる。結果、ゲオルギイはヨシワラの女の色気に参って骨抜きにされる。この光景が、労働者運動の挫折過程とも重なって、なかなかに意味深長である。

永遠の労働者ロボット

さて、このようなシーンを眺めていて、プロレタリア文学が最も強烈に主張した批判の一つに、あらためて突きあたった思いがした。すなわち、資本家は労働者から反抗力を奪うため、性的誘惑を仕掛けるのだ、という批判である。

たしかにこれは巧妙な罠である。なぜなら、労働者が消耗品としての〝男〟という経済的側面をもつのだとするなら、ヨシワラの娼婦は確実に消耗品としての〝女〟にほかならなかったからである。資本主義経済の原則から行けば、男は女を消費する。その結果、男もまた消耗する。その両者をたがいにけしかければ、つまりは同士討ちが期待できるという仕掛けである。

けれども、プロレタリア文学として見るかぎり、この『メトロポリス』は最大のフォーカスをもっと別の点に置いていた。労働者の自覚や抵抗心を失わせることは、資本家の管理テーマとしてはそれほど大した問題でもないのだ。ほんとうに大切な点は、労働者を「疲れを知らず働きつづける奴隷」に近づけることなのである。ここに初めてロボットという、すぐれてプロレタリア文学的なテーマが浮上する。

永遠の労働者ともいうべきイメージを機械に託そうとした『メトロポリス』は、ここでも、興味ぶかい提案を示している。実のところ、労働者を「永遠に働きつづける奴隷」とするには、二つの方法が考えられるのだ。第一に、労働者の肉体を改造することである。フランス啓蒙時代の雄ディドロは『ダランベールの夢』において、労働者を馬や大猿と掛けあわせて、馬や大猿のように力のある新型改造労働者をつくりだすことを提案した。まさに有用交配人間の元祖であった。

だが、現実には労働者と馬とのあいだに子をもうけさせることなど不可能である。おまけに生身の労働者はあまりにも脆弱すぎる。今後実現するであろう生産技術の発展に、労働者はその肉体からして追いつけない。

と、資本家たちが考えたのも無理はない。そこで第二の案は、労働者を生身の人間でなくなるようにする、第二の改造案が登場する。生身の労働者の虚弱さについて、たとえば地上の楽園と地下の地獄とに分かれた都会「メトロポリス」の支配者フレデルセンは、次のようにいう――、

「人間が忽《たちま》ちの間に機械に使い潰されてしまうのは、決して機械が何でも食ってしまうからではない。それは人間という材料の質が悪いからだ。人間というものは偶然の産物だからね。出来上がったらそれっきりのものだ。焼きが悪いからといって、そいつをもう一度熔鉱炉へつき戻すわけにはいかん。どうしたって人間というやつは、そのままで使うより外に使い方はないんだ。殊に統計によるとな、筋肉労働者の能力というものは、一月ごとに減退していくばかりだというからな」

それでも、地上の楽園に住む資本家は、永遠に働く地下の労働者に頼っているから、幸福永続のためにはかれらの質を向上させ永遠に働きつづけられるようにしないわけにはいかない。そこでフレデルセンは考える。質を向上させよ、といっても、すでに述べたとおり、生身の人間には限界がある。ならば、人間を機械に置き換えるほかはない。ディドロ以後、資本家は労働者の肉体を改造する努力を中断し、労働者と同じ仕事をこなす機械をつくることに熱中しだした。

かくて、質的に向上した完璧な労働者としての人造人間が具体的な企画にのぼることに

なる。なにしろかれらはヨシワラのような誘惑装置を用意せずとも、資本家の奴隷として
いつまでも奉仕してくれるのである。

なぜロボットは美女がよいのか

一九二六年にフリッツ・ラングの手で制作されたサイレント映画『メトロポリス』は、つまるところそのようなテーマに貫かれたSF作品だったといえよう。すでに述べたが、原作はラング夫人であったテア・フォン・ハルボウの手になり、一九二八年（昭和三年）には秦豊吉がこれを翻訳して改造社から刊行した。映画の日本公開は一九二九年四月三日であり、当時かなりの話題をさらったという。

だが、『メトロポリス』で実際に創造されるロボット（あるいはアンドロイド）は、おもしろいことに筋肉美の男性労働者ではなかった。美しく、しかも妖しい美女マリアの機械的コピーとして出現するのである。むろんロボットは女であり、力仕事にはまったく向いていない。

では、なぜロボットが男性労働者ではなく、美女でなければならなかったのだろう。ここに『メトロポリス』の二十世紀的意味を解く鍵がある。答えから先にいえば、ここで描かれる「ロボット」とは、正確にいえばヒューマノイド・ロボット――人間と同じ形をし

た機械のことなのである。人間の形をコピーしたロボットなのである。

これに対し、人間の形ではなく、機能や役割だけをコピーした機械が存在する。アームやコンピュータなどはその典型といえるだろう。工場で働く労働者を機械に置き換える場合、仕事に必要な腕や脚、あるいは指、あるいは目だけを抜き出すだけでよい。あとの部分は余計ものだ。ここから非人間型の各種工作機械が誕生した。自動車組立て工場で稼働するほとんどのロボットは、実のところ人間の形をしていない。

というわけで、『メトロポリス』では、男性の労働者がすでに非人間型ロボットに取って代わられていたのである。その証拠に、次の一文をご覧いただきたい。

「お前はなにかね。おれが米国から聞こえる取引所の報告を調べるために、おれの秘書の鉛筆が必要だと思っているのかね。物を書く人間の脳髄や手よりも、ロオトワングの海外号報喇叭で知らせる数字類の方が、はるかに信用も措けるし、第一に早いじゃないか」

と。これは資本家の神フレデルセンが、息子フレデルに説いて聞かせることばである。このメトロポリスでは、生産はすべて非人間型機械が実行している。これに対し、生身の労働者はどういうふうにその機械と接しているのかといえば、おそろしいことに——餌！なのである。機械は労働者を餌にしながら生産をつづけるのである。これはまったく悪夢のごとき未来風景である。おそらく一九二〇年代という機械美の時代にあって、労働者を餌としながら拡大発展していった機械生産システムのイメージを、これほどショッキングにたとえた例はなかったにちがいない。

顔を得た美女アンドロイド

さて、そういうことになると、労働者を解放する無垢の女性マリアからその美しい姿をコピーした、あのすばらしい人間型ロボット《アンドロイド》は、いったいどういう位置を与えられるのだろうか。いうまでもなく、この美女ロボットは美のために存在するのである。機械美と呼んでもかまわないが、より正確にいうならば、人間の姿の美しさを理想化することこそが、アンドロイド創造の動機だったのである。だから、ロボット・マリアは力仕事などする必要がない。ただひたすら美しく、ひたすら妖しく、男たちを快楽の罠におとしこむ魅力さえあれば。

この人造人間マリアを発明した科学者ロオトワングは、本質的には感傷的なアーティストだった。かれはパワーにあふれた非人間型=生産型ロボットをいくらでも量産することができた。一方、人間の形をしたロボットとなると、「マリア」ただ一体しか創造していない。理由は明白だ。かれは、亡き妻のイメージを機械化し、この世によみがえらせたい一心で、アンドロイドをつくりはじめたのだから！　そこには社会主義的な理想も何もない。

書くまでもないが、科学者ロオトワングは、二種類のロボットをまったく別の理由からつくりあげた。一方は労働者の代わりに、そしてもう一方は美しいマドンナをよみがえらせるために。マドンナとは、かれが恋した女のことだ。死んだ彼女のおもかげを残すことのために、ロボットは生まれた。だからラングの映画では、人間型ロボットと非人間型の機械とは、きっちりと二分されることになる。ここで、ロボット・マリアの創造主となったロオトワングはいう――、

「これが誰だというのかね。まあ君が名前をつけたいというなら、まず〈未来〉というのさ……人造人間だよ。でなければ、錯覚……とでもいうかね。要するに、こいつは女さ。一体人間を造った者は、初め女を拵えたものだよ。初めてできた人間が男であった、なんて嘘は、僕は一向信用しないね」

ロオトワングにいわせるなら、もしもこの美女ロボットに顔を与えれば、彼女はつくり主を捨てて、自立した世界へ去ってしまうだろう。そうなったら、ロボットを手もとに置いておけない。彼女を終生手もとに置いておくためには、だから、顔を与えないことに尽きる。人格を与えないことである。

しかし、顔のない美女ロボットのほうは、「顔をください」と、つねに嘆願する。科学

者はついに折れ、支配者フレデルセンに顔を与える権利を譲るかたちで、ロボットに顔を付与する。その顔は、むかし死んだ「ヘル」という名の女性のもの。しかも皮肉なことに、ヘルとは、この科学者と資本家とが二人して心を奪われ奪いあった美女の名だった。

美女ロボットが意味するもの

ここまでストーリーを辿ってくると、『メトロポリス』には、一種の奇妙な反転現象が成立していることに気づくだろう。労働ロボットとは無縁の美女ロボットが、実は「顔がないこと」によって、結果的に労働ロボットと同じ位置に甘んじているのだ。顔がない、とは、自己を確立し得ない労働力としての人間を象徴する特徴なのである。しかし、とう顔を手に入れたマリアは、その役割を一新させた。彼女は顔を得て自立した人造人間となり、文字どおり「地上にあらわれた最初の女」の役割をふたたび果たしはじめる。すなわち、イヴのように、男を堕落させるのである。

「それよりもあいつら(坊主)のところへ、この女をやってみたまえ。あいつらがひざまずいて、自分の体を打って苦行しているところへ、この女をやってみたまえ。この女の着物のひだから、生命の花園の薫を嗅がしてやりたまえ……知慧の実の成っている樹の花が、どんなに好い匂いだか知っているものは、とてもこれには敵《かな》やしないよ」

労働者を破滅に追いこむ誘惑のロボット。「顔をもつ」美女のロボット。これが労働者にとって有害な度合いは、「顔のない」工作ロボットがかれらの職を奪うことの比ではない。

しかも、おそろしいことはもう一つある。顔のない工作機械は、労働者の職を奪うが、資本家の地位まではおびやかさなかった。ところが「顔をもった」美女マリアの人造人間は、労働者を堕落させるだけでなく、資本家をも誘惑し、やがて破滅させる。なぜなら、彼女は人間型ロボットとして永遠に尽きることのない〝女〟を供給し、それを消費する男たちを衰弱死に追いこむからだ。残念なことに、不敵の資本家にも労働者と同じく弱い〝男〟の部分が存在するのだから。

かくて、理想美をめざし、人間のかたちにより近いロボットを完成させようとした科学者と資本家は、結局のところ、自己に反抗して自立し、ついにはかれら自身を破滅させる「もう一つの人間」をつくりだしただけに終わる。この落としどころは皮肉である。あのフランケンシュタインの物語とも通底する筋である。だが、二十世紀のフランケンシュタイン物語は、人造人間が美女であったことで、一世紀前のそれと大きな相違がある。この新しいロボットは恐怖や搾取でなく、魅惑や情熱や快感によって、相手を破壊するからである。

一九二七年にこの映画がドイツで公開されたとき、ヒトラーとゲッペルスはこの映画を、とある小さな町の劇場で鑑賞し、いたく感動したという。そしてラングに、ナチズムを普及させ精神を昂揚させる映画を撮らせたいと思ったという。つまりヒトラーは、恐怖のロボットでなく魅惑のロボットを使ってドイツ国民を支配しにかかったといえるだろう。

それにしてもヒトラー自身は、この人造美女マリアの色香に全然まどわされなかったのだろうか?

第五章　忍術小説と労働大衆——プロレタリア文学は立川文庫だった

「高級文学」か、「大衆文学」か

ふしぎなのは、プロレタリア文学という場合に、わたしたちがついついその意味を共産党や共産主義に関連づけてしまうことである。このような傾向は、いつ、決定的になったのか。

たしかに共産主義は労働者階級の思想であり、共産党は労働者階級の政党であった。もしも文学に労働者階級の文学があるとするなら、当然、共産党員が執筆する共産主義に信を置いた文学でなければいけない。

この点では、「高級文学」か「大衆文学」かでプロレタリア文学の王道をめぐり対立していた中野重治と蔵原惟人などのイデオローグも、一致した見解をもっていた。党の目的と党の思想に立った文学だけが、プロレタリア文学の名に値するのだ、と。

けれども、これはインテリの発言である。労働者の大多数は中野や蔵原のように海外留学やら語学修得やらの機会もなく、外来思想をみずからの血とし肉とするだけの素養もない。思想と党のために運動するというのは、どう考えても逆転した発想といわなければならない。あきらかに労働者という概念の広がりは共産主義のそれを超えている。現に、共産主義者ではない労働者はゴマンといた。

もちろん、中野や蔵原のようにプロレタリア文芸運動を共産党的政治運動に結びつけ、そこから小林多喜二のごとき実作者を生みださせた経緯は、歴史の要請するところだった。それは事実だし、この文学形式を強力に推進する原動力であったろう。一九三〇年前後に、プロレタリア作家同盟が力をもち、その芸術にマルクス主義の表現を求めだしたときも、それは自明の理と思われた。

ところがである。プロレタリア文学者が共産党シンパシーの旗印を鮮明にしだしたとたん、かれらは皮肉にも弾圧の対象となった。非合法活動の殲滅を狙う官憲のターゲットとなり、すぐさま有力作家たちは逮捕され活動の自由を奪われたからである。たとえばナップ（全日本無産者芸術連盟）芸術運動の中心だった小林多喜二、中野重治、林房雄、立野信之、壺井繁治、橋本英吉、片岡鉄兵、村山知義らは、共産党に資金を提供するなどシンパであるとみなされ、一年間文筆活動を停止させられた。

貴司山治の主張

この間にあって、プロレタリア文学をかならずしも共産党のための文学と考えない人びとが声を上げ、労働者の文学に別の展開をもたらそうと動きはじめた。代表的人物が貴司山治と徳永直《すなお》である。かれらは、共産党がいうようなマルクス主義を理解した教養の高い大衆などというものは「一種のフィクション」だと断言し、日本に実在する労働者と農民は「働く人びと」ではあっても、決して全員が「マルクス主義者」ではないことを証明しようとした。

貴司山治は、さらに、労働者と農民が好んで読む文学について実態の調査をすべきだと主張した。その上で、かれらが好む文学を「大衆文学」あるいは「プロレタリア文学」として正規に位置づけるべきことを説いた。そして貴司は結論を先取りし、「ブルジョア大衆文学の形式が今日事実において百万の読者をつかんでいる以上、数量的観察という統計学的方法に準拠して、この百万大衆の中に、現在の日本の『労働者農民』の多数を見出すことが出来ると考え、故に今日のブルジョア大衆文学の形式を『現在の日本の大多数の労働者と農民のもつ文化的水準の上に浮かび上れる形式』と認め、ここに探索の出発点をおくべき」（一九三〇年四月、東京朝日新聞、「文学大衆化の明日」より）だ、と主張した。

すさまじいのは、「ブルジョア大衆文学」という命名のしかただろう。これは一般商業誌で執筆していた有名大衆作家――吉川英治や大佛次郎といった人たちの作品を指す。現代的に言い換えればエンターテインメントである。徳永直も、労働者に最も好まれる文芸こそエンターテインメントである、と認めたのである。

だとしたら、将来望まれるプロレタリア文学も、このブルジョア大衆文学を模倣したものしか考えられない。文学にマルクス主義の教養を求めてはならない。

怪作『忍術武勇伝』

そこで貴司山治は、新たなプロレタリア文学の実作に力を注ぐようになるのだが、かれの作中に、まさしくブルジョア大衆文学の安ピカな講談調を全面的に導入した怪作が一編ある。『忍術武勇伝』と題し、『戦旗』一九三〇年二月号に掲載された。インテリ批評家には酷評されたが、一般読者の人気は高かったという。これぞブルジョア大衆趣味だと感じるのは、立川文庫のそれを彷彿とさせる「忍術」という語をタイトルにもってきた点だろう。『忍術武勇伝』とは、発表する場をまちがえた娯楽小説と受け取られかねない、まことにあざといタイトルであった。

しかし、あざといのは内容も同じである。貴司山治は、真面目なプロレタリア芸術運動の機関誌『戦旗』の誌上で、いきなり桂小五郎と新撰組とのチャンバラ小説を語りだすのだ！

……池田屋事件のあと間もなく、祇園の待合の奥まった離れ座敷で、桂は五人の同志と会合して、運動の立て直しを協議していた。それを新撰組が、どこをどうかぎ出したものか、十二人の一隊で、抜刀でおどりこんできた。

「よしッ！」同志たちはてんでに鯉口を切った。

「馬鹿め！」

桂は、火の出る程同志たちを叱りつけると、そのまま前栽に下り、木戸伝いに逃げてしまった。同志たちも気がついて、後を追った。

新撰組が、離れ座敷へ飛びこんだ時、行灯が静かに、ともっているだけで、あたりはひっそりとしていた。

あとで桂は同志をいましめた。

「おれたちは、運動のこと以外に力を浪費してはならない。よけいなことをして怪我でもしては取返しがつかんではないか」

その桂がある夜、薩摩屋敷へカゴで入ったとの密報があったので、こんどこそはと新撰組の腕ききが数人、門前に待ち伏せていた。とも知らぬ一輛のカゴがどっと夜更けの黒門を出てきた。

五六町そのままつけて柳の生えた淋しい曲がり角で、

「わッ！」

とおめいて、おどりかかった。ずたずたに斬りさかれたカゴの中には猫の子一匹いなかった。

当の桂は、その時裏門からクツワのしるしのついた薩摩藩のカゴにのって出て、とっくに闇にまぎれてしまっていた。

「桂小五郎はどこにもいない」

「あいつは忍術使いだぞ」

という噂が立った。

――といった調子である。『忍術武勇伝』とは、闘わずして闘う非合法運動家の「組織委員長」桂小五郎のお話である。一般読者にもおもしろく読ませつつ、同時にプロレタリアとしての自覚をうながすのに、なにも大仰なマルクス理論は要らないのだ。桂小五郎と新撰組の話のほうが、よほどストレートに労働者の心に届く。

貴司山治は、文字どおり文学を大衆の側に引きおろした。『忍術武勇伝』の冒頭は、幕末の勤王佐幕対立を利用して、昭和初期の政治情勢を分かりやすく分析した文章に始まる。むろん、貴司とてプロレタリアの味方であるから、政治勢力としてはブルジョア資本主義者よりもプロレタリア共産主義者のほうを買っていたにしても――。

維新の時、蛤御門の戦いに敗れ、幕府と結託した当時の社会民主主義者一派に、完全に京都を乗っとられてからというもの、純左翼の長州過激派は、日の目もおがめぬ苦しい潜行運動に入った。警視総監……その頃の京都守護職は松平容保だった。この総監の下に、本国の会津桑名からかり集められた兵士たちは「会桑巡邏隊」という反動のかたまりとなり、隊伍堂々、白昼槍の穂先をきらめかして、京都市中をねって歩いた。
しかもこれだけでは不用心とあって、松平総監直属の特別高等のえりぬきの一隊が、過激派退治にくり出された。それが世にいう近藤勇の「新撰組」

――今から見ればまことに陳腐な筋立てだが、その陳腐さこそが雄弁なのである。当時の読者には新鮮で、しかも分かりやすかったことだろう。それに、合法的色彩の濃い「社会民主主義者」を西郷隆盛と大久保利通の薩摩勢になぞらえ、これに対する左翼過激派の非合法運動指導部執行委員長を桂小五郎の役どころとする配役《キャスティング》もうまい。というのも、幕末史では黒白をつけにくい志士たちの色分けを、昭和の反動対急進の対立と置き換えることで、日本史そのものをもいわば「当世流」に理解させる力となったからだ。

革命理論よりも恋心

さて、ここで考えるべき問題がある。貴司が、なぜ桂小五郎に肩入れしたか。大きな理由の一つは、かれが芸者幾松にかくまわれたからである。芸者は立派なプロレタリアートだし、おまけに主義よりも恋心の力によって、結果的に革命成功に貢献するという「女の役どころ」にふさわしい職業なのである。桂が忍術を使えた裏には、幾松の貴重なアシストがあった。

「それ程敵をなやました過激派の巨頭桂小五郎も三十に足らぬ若い身空であった。三本木の芸者幾松とは思いに思われた仲である。幾松は、革命の理屈もなにもわからなかった。しかし、小五郎に恋して、同志よりも力強くかれのために、つくした。小五郎も幾松だけは信じていた」

――と、ここまで読んで、多くの大衆読者は思うだろう。そうか、おいらも幾松だったんだ。革命の理屈は分かりゃしないが、小五郎に恋して助ければ、結果的に立派な同志として名を残せるんだなァー、と。そうだとすれば、この忍術小説はみごとなプロレタリア文学であろう。労働者に自覚をうながす作用を発揮したのであるから。

そう、貴司は革命理論よりも恋心のような情を信じた。男よりも女を信じた。マルクス主義哲学よりも忍術小説を信じたのだ。そしてそのほうが堅実なプロレタリア運動の方向だと考えたにちがいない。

新たな革命ヒーローの登場

『忍術武勇伝』がおもしろいのは、問題を桂小五郎に終わらせない点だ。プロレタリア革命が恋心によって成立するのだとすると、昭和初期当時の「プロレタリア維新」運動にも桂小五郎のようなすいたらしい人物、いわばヤサ男のヒーローが必要となる。当時の運動の中に、桂小五郎は実在したのだろうか。

貴司は答えを与える。『忍術武勇伝』の後半は、「歴史は繰り返す」というキイワードの力により一気に現代へと戻り、桂小五郎と現役の労働運動家とを比較できるようにしたからである。そのポイントは、大正末年に発生した浜松の日本蓄音機会社ストライキ事件である。

この事件は、従業員一千人が会社に対抗するため組合を組織し、待遇改善、賃金値上げ要求をぶつけた。大正の「蛤御門」事件ともいえよう。

大阪から指導応援のために評議会のストライキマンが大挙して乗りこんだ。会社も暴力団を雇って「争議団を四方八方から斬りまくったので、東海道の中都会、浜松の町は、通行もならぬ血の雨、ピストルの烟にとざされた」

会社側も新撰組を雇ったのである。で、この争議団に桂小五郎が登場する。木多村主郎である。この人物、二十八歳と歳は若いが争議団をうまく指導し、おまけに姿を隠すのがうまかった。狭い浜松の中を逃げまわり、警察にさえ尻尾をつかませなかった。争議開始以来百数十日が経っても、頭目の木多村は一向に捕まらず、全国労働組合の応援も日に日に大きくなっていった。

ところで、木多村はそのころ、忍術を使うのではないかといわれたほど遁走の名手であった。決して闘わない。争議の収拾まではエネルギーを無駄使いしない。たとえば床屋で散髪しているところを刑事に踏みこまれると、木多村はドテラ姿で床屋の門口から路地へ逃げこむ。しめた、袋小路だと思って追いかけると、もう一つの路地につながっている。路地ぞいの家を一軒ずつしらみつぶしに検べても、どこへ逃げたか、みつからない。途中、銭湯帰りの男が着流し姿で横町から出てきたが、ドテラではない。さらに奥へと追いかけると、向こう角に銭湯があった。銭湯からドテラをもった親爺が駆けだしてくる。

「板場かせぎだ！　やられた！」

さっき銭湯に飛びこんできた男が、ドテラを脱いで、いきなり他の客の大島を着こんで外へ出ていったという。

「す、すると、さっきのあの着流しが！」

気づいても、あとの祭りである。この忍者、木多村にも幾松がいた。この女は、同じ会社の同僚、久保田健吉という男の妻だった。久保田は木多村を自分の家に隠し、妻のミヨ子に世話をさせていたのだが――、

かれの男らしさに、夢中になってしまって、ある夜人妻のたしなみも忘れ彼女からすすんで、かれに恋を打ちあけた。しかし同志の妻と不倫はできない。断ると、妻は「恥ずかしくって生きてはいけない」と、さらにいい寄る。木多村はかわいそうだと思った。いっさいをなげ出して自分を恋した女に、

「そんなに僕を好いてくれるなら、これからもどうかストライキが勝つように、いろいろ僕をたすけて下さい」

と頼んだところ、ミヨ子は誓った。

「ええ、どんなことでも喜んでいたします」

プロレタリア文学のタブーの一つ、清い恋愛も、このようにして無理なく活用すること

ができたのである。木多村は、玉突き屋の娘ともねんごろとなり、玉突きで遊ぶふりをしながら、娘目当てに通ってきて「いやらしいことをいう」浜松の刑事から警察の動静を聞きだすことにまで成功する。まさに忍者である。

貴司はこうして、大衆に必要な革命のヒーローをも小説化して飾りたてた。大成功である。ただし、プロレタリア文学の批評家たちはプロレタリア運動に桂小五郎のごとき「講談的ヒーロー」を導入することは誤りであるとし、『忍術武勇伝』を却下したこと、当然であった。

第Ⅱ部

プロレタリア文学はものすごい

プロレタリア文学ほど、貧しい人びとの生活をなまなましく描破した文学はなかった。そこには女の生理や男のエゴイズムなど、あらゆる病巣が荒々しく抉られている。このような激しい暴露をともなう文学であればこそ、そこに奇妙な「倫理」や「けじめ」も求められた。

その一つは、あまりにもあからさまな描写をすこしでも神聖な域に高める必要性から生じた、「生真面目」主義である。

プロレタリア文学は、おもしろおかしく書いてはいけない、読んでもいけない、ということになった。

だが、すでに第I部で見たごとく、プロレタリア文学は元来おもしろいものであった。

この矛盾をかかえたがゆえに、プロレタリア文学はさらに生真面目に、「ものすごさ」の極北あるいはさらなる生真面目さへと突っ走っていった。

第六章　おもしろすぎる罪（上）――明治の論争から

中野―蔵原論争をたどる

プロレタリア文学はなぜホラー小説のように残虐趣味にあふれ、しかもSFのように想像力にあふれているのだろう、と首をかしげていたら、中野重治と蔵原惟人とのあいだで興味ぶかい論争がたたかわされた事実を知らされた。

内容は、今から見るとまことに青くさい議論である。

プロレタリア文学が多数の読者を獲得するには、どういう戦略をとるべきか。

中野は、自信たっぷりにいった――それは、君、大衆的なものだよ。一部の文化人エリートでなく、大衆が支持する文学こそ「芸術」だ。

これに対し、蔵原は答えた――ちがう、高度に芸術的なものでなけりゃいかんよ。プロレタリアートは知性的にも高度であるべきだ。

すると中野は反論した（もっとも、ここからは筆者の創作も加わっているが）――、浪花節でも演歌でも、大衆を感動させる力がある。この形式に政治思想や労働者の自覚を乗せればいいじゃないか。

対する蔵原いわく――、

じゃあ、『銭形平次』はプロレタリア文学だというのかね？　たしかに大衆には人気があるが、ありゃ江戸時代の目明かしの話だろう？　それでも『銭形平次』はマシなほうだ。世にあふれるエロ・グロ・ナンセンス文芸なぞは大衆を堕落させるブルジョアの陰謀だよ。

「プロレタリア文学はおもしろくなければいけない」説と、「高度に芸術的でなければいけない」説とが、対決していたようなのだ。これはまことに興味津々たる論争ではないか。

赤羽一の目論み

まず、単におもしろいだけの下卑た「エロ・グロ・ナンセンス」だが、これに対してさえ社会主義的ないしアナーキズム的覚醒をうながす力があることを認めた人がいる。それが、赤羽一である。

赤羽は、長野県の地主の家に生まれたが、自由民権運動にも首をつっこんだ父の赤羽無事が放蕩三昧を始めたため、若い時分から祖父とともに家業を切りまわさねばならなかった。経歴もなかなかにドラマティックだが、書くものも渋い。『亂雲驚濤』と題された日記風の論文は、母危篤の報を受けてアメリカから帰国する道中の感想を綴った作品である。明治三十八年という時期を考えても、おもしろい記述にあふれている。かれが船内で腹にすえかねたという賭博大流行の件《くだり》を引こう。退屈な船内で、中国人が誘いかけた賭博が、たちまちのうちに多くの客を虜にしてしまうのだが、赤羽は次のようにいって、怒る。

「……僕は凡てかういふ種類の遊戯は人間が要求するのでは無くて、或る奸猾の徒が人間の弱点を利用して金儲をするに過ぎぬと云ふことをつく〴〵感じた。無ければ済む、有れば人は其の面白サに誘惑せられて深入りをする」

さらに赤羽は遊廓についても、「歴史を見給へ、未嘗て国民が女郎屋を建てて下さいと請願した時代は無い」と主張し、おもしろいからついクセになる人間の弱味を利用した金儲けだと論破する。

だが、賭博や遊廓が人間の弱点に訴える力をもつのなら、それを逆手にとって社会的自覚のきっかけに利用できないのだろうか。

赤羽は『日刊平民新聞』(明40・1・15)に、「江川一座の娘玉乗」という意表をついた題材をあつかったエッセイを掲載した。

この小品は、明治三十九年十二月に浅草六区で見物した江川一座の娘玉乗りについて書いた随想である。なによりも当時の見世物の実情を報告した資料として楽しめる。

たとえば竹乗という芸があった。桃色の肉襦袢と股引を着けた二十歳ばかりの男が、一本の大きな竹を左肩の上で支え、そこへ十二歳ほどの愛くるしい少女が乗って、芸をする。少女も桃色の肉シャツと肉股引を着けている。赤羽をもっともハラハラさせたのは「鶯の谷のぞき」と「空中鎹《かすがい》止め」だった。前者は両脚を竹竿にからめ、体を横に突きだして下を窺《うかが》うかたち。後者は竹の先端で仰向けになり、両手両脚を大の字にのばしてくるくる回る。

赤羽はずいぶん丁寧に各種の芸を紹介し、最後に「瓶《かめ》のあしらい」なる至芸にも筆をのばしている。この芸は江川きん子と称する少女と、巳之助なる少年との合同演技である。少女が仰向けに寝て足の上に小桶八つを積みあげ、さらにその上に大きな瓶をのせる。少女が小桶をくるくると回す中、その上でバランスを取っている瓶に、少年が出たりはいったりするという危険な芸である。

「側《かたわら》に立てる相方の男戯れて曰く、穴より出てゝ穴に入る穴恐ろしの世の中やと、爾《しか》り、彼《かの》男は無学なれども言ふ所は自ら真理を語れるなり」

というわけで赤羽は、芸を演じる少年少女の「穴恐ろしの世の中」こそ、われら大衆が現に生きている社会と同じものだと論をすすめる。やっぱりそう来たか、という感じだが、赤羽の説明を聞いてみよう。

「読者諸君此れ実に危険なる生活術ならずや、恐るべき生活術ならずや、然れども諸君、今の世、何処に危険ならざる生活術ありや。残酷ならざる生活術ありや、不安ならざる生活術ありや。苟《いやし》くも国民の汗血に衣食する貴族、家に巨万の財を累《かさ》ぬる富豪にあらざる限り、何人《なんぴと》も危険なる、残酷なる、而して不安なる生活の道を歩まざるを得ざるなり……諸君は永遠に娘玉乗りたるを免れざる也」

そうか、わたしたちは毎日玉乗りの曲芸をしながら生きているようなものなのか——と、ここで納得したふりをしてはいけない。これは情に訴える陰謀なのだから。最後の赤羽の文章は、実のところ、曲芸という大衆的な題材を通して、なんと、深遠なるプロレタリア文学の原理を説きあかしている。

世の生活術は、どれもこれも残酷で不安で危険なものばかりである。生活術とは労働のことだ。社会的活動のことだ。とすれば、労働者の生活の真相を描くというプロレタリア文学の一分野もまた、残酷で不安で危険なものとならざるを得ないことになる。つまり、社会的なプロレタリア文学は必然的にホラー小説や犯罪小説、あるいはサヴァイヴァル小説となるべく運命づけられているのである。

なんだか中野重治の肩をもつ論調になった。では、蔵原惟人に勝ち目はないかといえば、そうでもない。社会的な文学があるなら、プライヴェートな、主観的な文学もある。プロレタリア文学における私小説、主観小説、「意識の流れ」小説のようなものにならら、高級な芸術性は盛りこめるかもしれない。

矢野龍渓の「おもしろすぎる罪」

けれども、この論争をプロレタリア文学内部の路線あらそいに矮小化してはいけないと思う。なぜなら文壇全体でも、小説はおもしろいのがよいか、高級なのがよいか、という対立が並行してすすんでいたからである。

あまりにおもしろすぎるために槍玉にあがった不運な人物が、明治の啓蒙政治小説家矢野龍渓であった。矢野といえば、岩波文庫にもはいった明治の大水滸伝『浮城物語《うきしろものがたり》』や『経国美談《けいこくびだん》』の作者として今日に知られている。谷崎潤一郎は小学校時代、先生が語ってくれた『経国美談』のおもしろさ、規模の壮大さに圧倒され、全神経を耳に集中させ全身痺《しび》れながら聞きいったと回顧している。

『経国美談』はギリシア正史に題を得た政治小説だが、同時に『南総里見八犬伝』のような寓意表現《アレゴリー》を多用したシンボリックな幻想物語でもある。すこしだけ冒頭の部分を紹介しよう。

……斜陽西嶺に傾き、今日の教課も終わったらしく児童が帰る学園。しかしまだ数人が、みごとな偶像の前を去らない。この像は古代アテネの賢王「格徳《コドリュス》」をあらわしたものである。教師はそれに気づき、よろしい、格徳王の事蹟を話してやろうと児童に声をかけた……。

今を去ること八百年前、アテネは強国スパルタに攻めたてられ連戦連敗の危機にあった。当時スパルタは、ギリシア諸邦の習慣にしたがい、デルフォイのアポロン神殿を訪《おと》ない、戦《いくさ》について神託を得ていた。敵の王「格徳」を殺さぬようにして攻めるかぎり、連戦連勝を約束する、というのが神のお告げであった。実際、戦はそのとおりに推移していた。しかし、この神託のことを知ったアテネ王格徳は、国を救うために一計を案じた。自分が単身敵陣に斬りこみ戦死すれば、神託に違えることとなり、スパルタは敗れるであろう、と。

格徳はその夜、一人で夜襲をかけてみごとに討ち死にした。スパルタ軍は翌朝死体をあらためたところ敵国の王と知ってパニックにおちいり、ついにアテネ攻めを放棄した。格徳は救国救民の王として敬愛され、こうして偶像になったのである……。

といった話が次々につづくのである。国を救った英雄のオンパレードであるが、次いで王ではなく民による救国へとテーマが移り、民権思想の宣伝となる。語り口も『八犬伝』そのままで、智、仁、勇といった徳目を高らかに謳いあげていく。

この作品は明治十六年から十七年にかけて刊行され、圧倒的人気を誇ったために川上音二郎の演劇や松林伯圓の語りものにさえなったという。

矢野龍渓は勢いを得て、明治二十三年より『郵便報知新聞』に『浮城物語』の連載を開始した。ジュール・ヴェルヌの科学冒険小説に刺激されて書いたこの一編は、中江兆民が評するに「近日の作者が専ら里巷男女相慕悦し綢繆纏綿《ちゅうびゅうてんめん》の状を模写する一種の小説に比するときは恰も十軒店の雛市にネルソンの銅像を担込みたるに似たり」という豪放な冒険ロマンであった。

『浮城物語』は単純におもしろい小説である。開巻、まずは主人公上井清太郎に信じがたい事件が起きる。横浜の宿でカバンから現金を抜きとられ、途方に暮れつつ東京行の汽車に乗った。ところが東京の宿でカバンをあけてみると、こんどは中から三百円の大金があらわれた！　魔法のカバンかと思いきや、中にメモがあり、よく似た別人のカバンを取り違えたことを知る。主人公は律儀にも大金を横浜グランドホテルの一室に届けた。しかし、作良義文《さくらよしぶみ》となのる人物が謝礼として三百円をそのまま渡そうとした。この偶然のできごとから、主人公は作良とともに洋行の船旅へ出る。

ところがこの船たるや、実は作良本人が用意した洋船で、覚悟の乗員百余名を配し、なんと南洋を巡り海王島を占拠し、「日本に気候が似て米作も行ない得る巨島」マダガスカルの奪取をめざすものであった。

「万国公法は論なり法にあらさるなり、若し先取《さきどり》を以て所属の権利を定むと言は、我々は先取すへきの地あり。若し守衛の力を以て所有の権利を生すると言はゝ、我々の武力を以て守るに足るの地あり」

かくて無茶苦茶な理屈を盾とし、この正義の「海賊船」は世界戦略航海へと乗りだす。科学から博物誌、そして政治・民族論まで、途方もない話の連続だが、一例として「世界一の美女略奪作戦」の一節のみ披露しておく。

「(作良) 先生又た笑て曰く『尚お一事の諸君に語るべきものあり、上《かみ》井子には最も大切の事と考う、此の全地球に於て最も美人を産するの地を土耳格《トルコ》領アルメニアとす。是れ欧米諸国の皆な許《ゆ》るす所なり、而て此地は今ま尚《な》お美人を売買《あきなひ》せり、我れ他日、馬島《マダガスカル》を略するの後は必らず此地に至り美人市場に於て其の絶美なるもの百餘名を購《あがな》ひ来り之を我か一行に頒《わか》つべし、然る時は諸君の子孫、其の身材必ず長大にして其の容姿亦《ま》た極めて端正《たんせい》ならん、是れ余が固く保證する所なり、海王嶋及び馬島に於ける日本種の子孫は世界第一の姿容端正《すがたただしき》なる者なりとの評を後世に残さんは豈《あ》に亦《ま》た好からずや』と。衆《しゅう》皆な手を拍て曰く『謹《つつしみ》て先生の賜《たまもの》を拝せん』と」

『浮城物語』は、まさに新時代の小説だった。舞台も大きければストーリーも波乱に富んでいる。内政がようやく整い、つぎは世界へ討ってでるという明治日本の「富国政策」を、小説のかたちで提案した政治プロパガンダ小説として、大衆を大いに魅了した。たちまち講談や演劇にもなったというから、今ならさしずめ発売即映画化、テレビドラマ化されたはずの一大ベストセラーであろう。

坪内逍遥の批判

矢野龍渓の政治スローガンにかかわる評価は措《お》くとして、小説として見た場合、この作品にはジュール・ヴェルヌに匹敵するだけの長所があった。文壇においても祝賀されるべきことであったが、意外にも矢野は多くの文学者から激しく批判されてしまう。

批判の先陣に立ったのは、森鷗外や高山樗牛を相手にいわゆる文学論争なる文化を近代日本に定着させた坪内逍遥であった。

逍遥は日本文学を写実主義の実現という方向へレベルアップさせようと考えていた。日常と人間心理をみつめ、「内」にして「密」なる文学に育てあげようとした。これは、江戸の戯作のごとき、粗い文章により女子どもを躍らせるのが狙いの大仰な「前近代小説」を切り捨てるための世論形成でもあった。

坪内は、よく、ミルトンの大観念がもしも自分にあれば、自分は台所を舞台にした「失楽園」を創るであろう、と言明したという。要するに、おもしろすぎる小説なぞ現代の真面目な芸術文学とはなり得ない、と主張したのである。

もちろん、おもしろすぎた政治啓蒙小説『浮城物語』を書いた本人としても、逍遥への反撃を怠らなかった。この対決が、プロレタリア文学史を通覧する上でも、実に示唆的なのである。

第七章　おもしろすぎる罪（下）——じつは坪内逍遥もおもしろかった

『浮城物語』のおもしろさ

矢野龍渓の『浮城物語』は、明治における日本の海外軍事進出を鼓舞する小説であった。むろんプロレタリア文学ではないが、社会的プロパガンダの道具として小説という形式を利用した一点において、根は一つに通じる先駆的実例といえる。

ところでこの作品だが、ふしぎな自慢話だらけといってもいいくらい、大風呂敷がひろげられている。とりわけおもしろいのは、ジャワの食人島に上陸した主人公とその相棒菊川氏とが、土地の女性たちに惚れられ、「ビフテキ」にされる運命から一転して「国王」になりあがるという大なる好運をつかむシーンである。イモリの黒焼が甚大なる効果をあげたものやら、主人公は老酋《かしら》のごく近い血族である一人の女子に熱愛されたあげく、国王位の委譲と結婚とをいっぺんに受けとめる仕儀となる。こうなったら仕方がない。この島に日本人の血を植えつけ、新しい日本国を生ぜしめるしか手がない。この決意を聞いた菊

川氏いわく、

「果して然らば子《し》は此国の神武天皇と為《な》る積《つも》りなる乎《か》」

主人公は答えて、

「然り、余は大日本の文明を此国に輸入《はこびいれ》せし始祖《ぐわんそ》なるが故に、後世我を謚《おくりな》して文明天皇となるべき旨を遺言せんとす、子《し》も亦た開国の元勲なれば称して《菊の内の宿禰《すくね》》となさん」

ジャワの孤島で王女と結婚し新しい日本国をつくる話となり、悪乗りしておれは太祖「文明天皇」、おまえは元勲「菊の内の宿禰」になれ、とはおもしろすぎる設定である。

この雄大な海外進出小説に対し、徳富蘇峯は、「其記する所の者は、粗なるか如くにして、實は精、所謂十九世紀の實學を架空文字の中に寓したる者にして、之を評して、一種第十九世紀の水滸伝」と絶賛し、森鷗外も「是れ自然學の演義に他ならざればならむ」と評した。どれも、『浮城物語』が科学あるいは実学にベースを置いた新しいタイプの英雄譚であると褒めたのである。

これをプロレタリア文学風に書き換えれば、よくぞマルクス主義世界観に則《のっと》り大成させた「革命時代の水滸伝」、ということになるだろうか。龍渓自身も、明治二十年代の小説はイジイジした私小説ばかりになり芸術という名の「魔道に陥ろう」としていたから、これを救うために『浮城物語』を執筆した、と述べている。たしかに明治期の小説は数奇者《すきしゃ》のみに向けて書かれ、大衆を喜ばせるという本分を忘れていたきらいがある。

純文学からの大批判

ところがこの作品に対し、イデオロギーの宣伝などといった現実的機能に一切関心をもちそうにない、いわゆる純文学ないし芸術至上主義の立場——つまり〈数奇者相手の狭い文学界〉——から大批判が起きたことは、想像に難くない。その代表である不知庵主人の批判はすごかった。大衆を喜ばせるだけなら「角兵衛獅子」か「豆蔵」の芸と同じだ、坪内逍遥先生の『小説神髄』が出て「小説文学の貴重なる理由」が説かれて以後、まさかこんな古くさい小説論を吐く戯作の徒が文学界に生き残っていたとは知らなんだ、と手きびしいのである。

この人のいう小説の真の本分とは、人間の運命を示し、人間の性情を解析してみせることだそうな。したがって最高の小説は現代小説であり、過去とか架空とかを利用する英雄譚や寓意小説などは、フィクションには違いないけれどもノヴェルではあり得ない。

要するに、つくりものはいかん、自然でリアルなものでなければならぬ、というのである。

参考までに、坪内逍遥の『小説神髄』（明治十八年）が主張したポイントを簡単に押さえておこう。小説は美術であるから実用に供《そな》えるものではない。文学としての小説がめざすところは、①人の気質を高尚になすこと、②人を勧奨懲誡なすこと、③歴史の補遺となること、④文学の師表となることである。文学の師表とは、文章のお手本、という意味に解していいだろう。直接的には曲亭馬琴ら江戸の戯作者の「あまりにもおもしろすぎる小説作法」を否定すべく書かれたものである。いい換えれば、いかに小説といえど、いいところで英雄が出現し姫を救出する、などといった御都合主義は許されない。人間の運命や性情を真面目に書けば、作家自身にもどうにもできない自然な成り行きというものが成立する。つまり、文学には文学の原理があり、道徳やら社会進歩やら政治理念やらを支配する原理とは関係がなく、したがって場合によると他の原理と一致しないこともあり得る。文学を突きつめる上で、他の原理に奉仕することは有害ですらある。

たしかに、きっぱりとした文学独立宣言といえる。政治理念を一般の人々に分からせる方便として架空小説を利用するのは、文学の側から見れば「ありがた迷惑」であり、たとえ大傑作が生まれても文学それ自体の発展には何ら寄与しないであろうというのである。

『浮城物語』は必然的に生まれた？

しかし、『浮城物語』はそれほどデタラメで御都合主義な小説だろうか。矢野には『浮城物語立案の始末』という文章があり、この作品の筋立てを創案するまでのプロセスが述べられている。その中で矢野は、単に日本人の海外軍事進出を描くだけなら、山田長政でも天竺徳兵衛でも出すことができた、と弁明している。しかしこの小説は本心から日本の海外進出を願って書いたのだから、現実にこの筋立てどおりの事態が起こって然るべきだ、とも主張した。

「世人に娯楽を與ること他人の小説より幾層倍の多量ならんことを望めり、而して日本の盛衰存亡は常に外より来るを知らしめ、遠航貿易の務めざる可らざるを知らしめ、海外の風土、人情、物産を知らしめ、現世紀の兵器は理科學の所産なるを知らしめ、理科學の貴むべきことを知らしめ偉人傑士の風采を想望せしむる等は則ち余が望む所の副産物の中に在り、其始め余は山田仁左衛門、天竺徳兵衛の二人を以て主人公とし其の時代を徳川氏の初年と爲して組立てんと欲したりしが猶ほ熟考すれば爾《し》かなすときは現在今日の兵器、物産及び利國の形勢を知らしむるに便ならず、遂に之を起稿する前に於て俄に改て近時の人物と爲せり」

ごく理詰めに考えたら、『浮城物語』は天竺徳兵衛が大活躍する魔術時代劇ではなく、現代の兵器水準を踏まえた上での現代人による海外進出物語でなければいけない。つまり、人間の運命を正確に追う現代的展開にならざるを得なくなる。冒頭で紹介した南洋での国譲り話も、単に物語に色気を加えた筋立てのための筋立てではなく、神武天皇や武内宿禰による日本建国のプロセスをジャワで再現するという「歴史の補遺」となる。『小説神髄』の教えとあまり違わないのではなかろうか。

この事情から見る限り、坪内逍遥が規定した現代文学の方法論を正しく実践するところからも、『浮城物語』は生まれ出てこれたのではないだろうか。文学的な原理に忠実に書いていたら、やっぱり『浮城物語』ができてしまった、ということも考えられない話ではなかった。

坪内逍遥のおもしろさ

ちなみに書くと、どうも逍遥はその皮肉な予想をすでに考えていたらしい。というのは、『小説神髄』でさんざ馬琴をバカにしたその舌の根もかわかぬうちに、逍遥先生ご自身もまた、山東京伝が裸足で逃げだすようなものすごい戯作を書いているからである。

『小説神髄』刊行と時を同じくして書かれた『当世書生気質』は、内田魯庵にいわせると

「鬼ケ島から凱旋した桃太郎のように歓迎された」そうである。まず、そのはしがきからして人を食っている。

「……予《おのれ》輓近《このごろ》小説神髄と云る書を著して大風呂敷をひろげぬ。今本編《このほん》を綴るにあたりて理論の半分をも實際にはほとほと行ひ得ざるからに江湖《せけん》に対して我ながらお恥《はづか》しき次第になん」

逍遥もまったく一筋縄ではいかぬ人物である。しかもこの先生、矢野龍渓を思い出さずにいられない未来小説にも手を染めているのだから驚く。『内地雑居未來之夢』と題され、明治十九年というから『浮城物語』よりも四年も早く執筆された未完の作品である。

この作品、「内地雑居」という制度が根づき、日本人も外国人も同じ土俵で経済の腕をきそいあうようになった新時代を舞台としている。現代風にいえば近未来小説である。日本が国際化し、国会も開設されることは、日本の辿るべき運命である。ただし逍遥はこの作品を書くにあたって、近未来が理想的だとか、あるいは国際的商戦に参入した日本人が連戦連勝するだとかいった、いわゆる御都合主義をとっていない。「雑居の結果は、善《よし》とも悪しとも確言し難し」と述べ、ストーリーはきわめて複雑に入り組んでいる。文学的運命的にスリに狙われ、外国人にだまされ、運命にもてあそばれる。

だが、よくよく読んでみると、『未來之夢』もまた『浮城物語』と違いのないほどおもしろすぎる筋立てになろうとした事実にぶつかるのだ。まずは出だしだが、日本人と外国人が雑多に乗りあわせる汽車の中からスタートする。たまたま隣りあわせた紳士同士が顔を見合わせ旧友再会という展開になる。紳士たちは話しながら、別の旧友の身の上話へと至る。この出だしは、ほかでもない『浮城物語』と瓜二つといいたくなるほど似かよっている。

物語には、さまざまな人物が登場し不運と苦難にもてあそばれるが、以下はその一例。——稲積玄治《いなづみげんじ》の妹みやは、知人の勧めでビゲーという異人医師の治療を受けた。しかしビゲーは並の医師ではなく、妖しげな魔酔術《メスメリズム》を弄する人物で、患者に催眠術をかけて眠らせ、よからぬことをする男だった。みやに対しても「何だか気味の悪い手附をして、額で私の貌を睨むと、一体どうしたのか存じませんが、俄に堪られなく眠くなつて、即俯に眠りこけて仕舞《しまひ》」という術をかけた。そのためビゲーの診察を断ろうとしたところ、これまでの薬料・診察料を出せ、出せないなら妾《めかけ》になれ、と無理難題をしかけてきた。

この話を聞いた兄の玄治は怒りくるい、ビゲーを訴えようとした矢先、急死してしまった。葬式の最中に、みやをビゲーに引き合わせた人物があらわれ、「ビゲーさんは独者《ひとりもの》だから、おまえの腕次第で細君にもなれるぜ」と妾になることを強要した。兄をなくし、うしろ盾もなくなったみやが思い悩んだその翌朝、渥美というりっぱな人物が訪ねてきた。

実は、昔お世話になった玄治さんに、成功したこの姿を見ていただきたくて、日本へ帰国したその足で駆けつけてきました、という話。みやは兄が急死したことを伝え、あわせて自分が異人の妾にさせられそうな事態におちいっていることを訴えた。

　すると渥美は怒り、「そんな不條理があるもの歟《か》。薬料其外は宜しい様に、わたしが談判して渡さうから、少しも心配には及ばない」と宣言する。みやはすんでのところで救われ、東京に小さな店をもち小商ができるようになる。

――坪内逍遥が早々とメスメリズムなどオカルト科学に関心を向けていたことも発見だが、やれコーヒー店を開くの、金魚を輸出して大儲けするのと、雑居日本ならではの逞し いベンチャービジネス論が語られている点でも、『未來之夢』は珍品である。しかも止《とど》めは、逍遥による文学上の離れわざだ。上野の鐘がゴーンと鳴った瞬間のこと、逍遥は次のような興味ぶかい会話表現を用いる。なんと「異口同音」をそのまま文章にしてしまっている。

　　みや。田所。菱野。三人一緒に、

「一時《じ》─ですよ。」
　　　─だ。」
　　　─だネ。」

と。まさに三重奏！　これは逍遥が戯作を文学の中に入れて純化させた実例ともいえる。逍遥は、『小説神髄』で述べた大風呂敷とは別に、おもしろすぎてもかまわない文芸をも芸術というかたちにして実作しようと試みたかのようなのである。いわば、角兵衛獅子の芸に堕した物語《フィクション》を救出する試みなのであった。そしてこの実験は、矢野龍渓が「魔道に堕した文学を救うべく」一般大衆に広く迎えられる小説を書きあげた結果と、表裏一体をなすことにもなった。

　だとすれば、プロレタリア文学内に起きた「おもしろすぎるプロレタリア文学の賛否論争」を考える上で、逍遥と龍渓のケースは啓示を与えてくれるだろう。ブルジョア文学の中にもプロレタリアの階級意識を強める文学が生まれ、プロレタリア文学の中にもブルジョア好みの風俗小説が生まれ得るのだ、という啓示を。

蔵原惟人は『無産階級芸術運動の列階段』の中で、次のように書いた。ここに述べた経緯によく似た考えに立つ人物が、頭の固そうなプロレタリア文学論壇の中にすら存在した証拠といってよい。

「動揺する小ブルジョア芸術家はその社会的位置によって、時には革命的傾向さえも持つ。我々はこの傾向を助成し、それを利用し、そして次第に彼等をプロレタリア解放運動の〈随伴者〉たらしめるべく努力しなければならない。我々は死んだ芥川龍之介のごとき典型的小ブルジョア作家の作品をも、時には利用することを知らなければならない」

そうか、いよいよ芥川龍之介の作品もプロレタリア文学に変わってしまうのか。

第八章　肉体の匂いと心の叫び――平林たい子はすさまじい

『日本残酷物語』を読んで

筆者が中学生のころだったか、一九五九年十一月に平凡社から『日本残酷物語』第一部「貧しき人々のむれ」が出た。これを、筆者が通っていた中学校の図書室がどういうわけか購入してくれたのである。

筆者は、残酷という語感に魅せられた。だから、まっ先に図書室へ駆けこんで、まっさらな新刊を借りだした。刊行のことばにいわく、

「これは流砂のごとく日本の最底辺にうずもれた人々の物語である。自然の奇蹟に見離され、体制の幸福にあずかることを知らぬ民衆の生活の記録であり、異常な速度と巨大な社会機構のかもしだす現代の狂熱のさ中では、生きながら化石として抹殺されるほかない小さき者の歴史である（中略）。しかし体制の最底辺にあって体制の爪にもっとも強くとら

えられた者たちこそ、その実はもっとも反体制的であり、体制を批判する人間の自由をどん底でやむをえずつかんだこともたしかである」

貧しい人々、反体制、批判……などという語が並べば、これは堂々たるプロレタリア文学である。だが、そうした定義の問題よりも「残酷」の内実を知りたかった筆者は、すぐさま読みはじめた。そして何よりも刺激されたのは、本文に出てきた「間引《まび》き」の物語であった。間引きなる語を知ったのは、まさしくこのときであった。また、女性が犯される場面もあった。こうした刺激的な光景を含む図書は、ふつう中学の図書室で購入されることはない。だが、社会と歴史をテーマとしたこと、貧しい人々に味方したことなどの理由により、きびしい監視の目を擦りぬけられたのである。

プロレタリアと、あからさまな性描写

そして、筆者はこの本にあからさまな性生活の描写まで発見することになった。中学生にはまことに目の毒といえる描写がつづいていた。そのうちに残酷シーンなどどうでもよくなり、性的な光景の部分ばかり探して読むようになった。たとえば次のごときシーンに、目をシロクロさせたことを記憶している。

「……女を喜ばせることを心得ておれば、女ちゅうもんはついてくるぞね。わしの婆（妻）を見なさい。このへんしょうもん（屑物）のような男にもう六〇年もついているわな。わしの婆は、ばくろう宿の娘で、おっかァは親方のなじみじゃった。わしは親方が死んでからそのおっかァに世話になっていた。はじめはそのおっかァからよくおこられたもんよ。親方はよかった、親方はよく喜ばせた。お前はたよりない、お前はこまいちゅうてな。それで、わしはおっかァを喜ばせようと思うて一生懸命にいろいろなことをしたぞね。わしがどないにしても女の精の強いのには勝てん。そのうえおっかァはわしより二〇近くも年上で、わしはいつも子ども扱いじゃ」

二十歳も年齢の違う男女の性生活というのは、あまりにもなまなましすぎた。

筆者も中学生の時分はずいぶん「エロ本」と称する風俗雑誌に熱中したが、そういう雑誌に描かれた性生活のシーンには、やれ「ペニス」がどうの、「ワギナ」がこうの、「コイツス」だ「ペッティング」だ、と、奇妙な医学用語が羅列され、どことなく消毒の匂いがあった。

他方、昔よく愛読した『裸か美画報』などを見てみると、ヌード写真は早田雄二が撮っていたり、編集と監修の両方を、あのパリの日本貴族たるバロン薩摩（薩摩次郎八）が担当していたりする。風俗は風俗だが、どこかにパリやアメリカの洒落っ気があった。

ところが『日本残酷物語』の性描写は、そのような消毒臭も気どったところも、一切なかった。いっそ「生理的」と呼びたいくらいのダイレクトなことばで、排尿も性交も出産も、いっしょくたに物語ってしまう。このおそろしい猥雑性、いや、あけっぴろげの悪趣味に腰を抜かした。以来、筆者は貧しい人々の生活を描く小説作品を手にするたびに、低俗なセックス小説をそこに読もうとする自分を発見してしまうようになった。

しかしその一方で、貧しい労働者の解放を政治的スローガンとした、あの聖なるプロレタリア運動から生みだされた多くのプロレタリア文学に、まさかそのように欲情を刺激する生理的エロ小説が含まれているはずはない、と信じていた。

平林たい子の過激さ

この信念がもろくも崩れ落ちたのは、プロレタリア文学界で名をあげた女流作家の作品を読んでからであった。とりわけ、平林たい子は確信犯である。彼女の作品を風俗雑誌に掲載したとしても、あまりに大胆でなまぐさい描写ということで、書店から販売を拒まれたかもしれない。それほどに過激であった。性生活どころか、見てはならない出産シーンまでも、彼女はなまなましく表現してしまう。

実は、筆者は中学生の時分に、たしか練馬区豊玉にあった平林たい子さんのお宅を訪れたことがある。一介の中学生が有名作家のお宅に何しに行ったのかといえば、当時平林さんが飼育されていたグッピーの優良品種をぜひに見せてもらいたかったからである。平林さんは熱帯魚のグッピー愛好家としてマニアのあいだに名が鳴りひびいていた。筆者が玄関でチャイムを鳴らすと、お手伝いさんらしい女性が応対してくれた。

「先生はお留守です」

と。その平林たい子さんの作品を後年読んで、ふたたび目を丸くした。というよりも、なんだか気分が悪くなった。彼女がプロレタリア作家として認められるきっかけとなった短編『施療室にて』(昭和二年)は、その好例といえよう。

舞台は中国。主人公「私」は半地下にある施療室を訪れる。「私」は妊娠脚気をわずらっている。おまけに「私」は労働運動に挺身する夫、いや同志の妻として、夫とともに収監されるのではないかというおそれにおびえてもいる。むしろ出産と病気とで入獄が延ばされるかもしれないことを、内心よろこんでいる部分もあった。

妊娠脚気は手こずる病気だった。足が痛くて便所にも立てない。「私」は婦長に便の始末をしてもらうが、もっと大変なのは赤んぼうのおしめを洗濯することだった。人手がないから、なけなしの金をはたいて、家政婦に頼みこむしかない。

平林はこの作品の中で、授乳のシーンを次のように描いている。

「……恐しい勢で乳汁が流れ出す。乳の張る痛みが、朝になると肩まで溯《さかのぼ》って来た。体の一部に膿《うみ》をもっている気持だ。夜中に三回子供に乳首をふくませたが、舌と咽喉の吸引力が快く乳首から乳汁を誘い出す。

乳を吸われている気持は、軽い睡気に揶揄されているように快い。これが母親の気持のはじまりに違いない」

乳を吸われる恍惚が母性覚醒のきっかけだという文章は、いかにもエロティックにすぎるであろう。

だが、物語はさらにおどろおどろしくなる。「私」は、まだ生きているのに死体安置所へ連れていかれる患者を見る。最悪の環境下で出産した「私」の子も、まもなく死んでしまう。それを看護婦が「にこにこして」報告にきた。脚気の乳を飲ませたせいで乳児脚気にかからせてしまったのだ。

「ほんと、お気の毒」

しかし「私」もまた自分の子の死に大きな衝撃を受けるだけの体力を残していなかった。死体に香をあげることは、まだ自由に動ける娼婦あがりの女にしてもらうことになった……。

まことに残酷である。人間にとって最低限の威厳すら守られない外地の病院は、さながら生き地獄に近いのだが、平林の筆がさらに、その圧倒的なまぐさささを行間に横溢させる。

生理現象の美学もあった

つづいて『夜風』(昭和三年)も紹介しよう。

八ヶ岳のふもとにある村。末吉一家は代々にわたる小作人だった。主《あるじ》の父親は「先年老衰で乾物のやうになって寝てゐたが、息子の清次郎が秋、雀おどしの鉄砲を裏の田で打った音で驚いて」死んだ。母は小さい頃に亡くなり、兄の清次郎が家を出たので、弟の末吉が家を継いだ。出戻りの妹が家事を引き受けている。

だが、この妹「お仙」は、その日の昼過ぎに腹に疼痛を感じだした。

「朝飯に食った田螺《たにし》を思い出して幾度も便所へかがむと通じはなくて、押えつけられる下腹で胎児が苦しそうに張り切った腹の皮を突っ張ってくる」

彼女は「人の知らない間にはらんでいた」のである。

妹は、兄の清次郎に腹を蹴られて達磨のように転がった。しかし耐えるしかない。それに、お仙は出産するにしても金《かね》を必要とした。産着を用意してやらないと、産むに産めないのである。お仙は、死んだ夫との生活をぼんやりと回想した。

「……野良で烏《からす》のやうに放し飼で育ったお仙と、暮しの苦しさに二十六にもなったその年まで女の膚の香も知らずに生きて来た夫とは、一緒になるとすぐにお仙の毎月のものが止った。毎朝起きると肥桶へかがんでゲーゲーと黄色な唾を吐いた」

だが、今回の妊娠と出産は、夫がいた当時とは理由《わけ》が違う。隠れて産むほかはない。お仙は、この苦しさの中で死ぬのではないか、と思った。そのとき——ふと電灯が消えた。停電……。

小作人たちと力を合わせて稲刈りを終えた末吉が、家に帰ってきた。

姉のお仙は電灯の下で、「藪のやうに乱れた髪」をかきあげながら、けらけら笑っている。末吉は不安を感じ、ボロの上に坐りこんだ姉に近づいた。と、鼻を抉《えぐ》られるような悪臭がぷんと来た。末吉は思わず、一足退った。ボロのあいだから、小さな赤んぼうの頭が見えた。

「姉さ！」

「ああ、子供がうまれたでな、殺したわえハッハハハ」

平林たい子の作品の多くは、まったくこのように、嫌悪感をものともしない直截な生理現象をつづっている。痔の話もある。排便の話は、とても数え切れないほど出てくる。セックスですらも、たるんだ腹と腹とを擦りあわせるような、目を覆いたくなるほどぶざまな姿で行なわれる。いちいち引用はしないが、とにかく一読していただければ、この不衛生きわまりない排便装置としての生理的人間描写を、十分に堪能してもらえるだろう。その平林たい子が、自宅では愛らしいグッピーを飼っていたなんて、とても信じられない話である。

「強い文学」を求めて

平林たい子が、いわば「女を捨てた描写」によってプロレタリア文学界に殴りこみをかけた理由は、いったい何であったのだろう。ひとことでいうなら、強くなるためにデリカシーを捨てたのである。

実は、文学もまた、ポルノ小説のような露悪的な分野を除いては、ひたすらデリカシーを売りものにする「弱い文化」の一つであった。平林は、そんな弱腰の文学をどやしつけて、鉄のプロレタリア運動に役立つような、「強い文学」に鍛えあげようと望んだのである。

平林たい子は明治三十八年に長野県諏訪郡に生まれた。祖父は民権運動に熱を入れていたが、事業にも失敗して養子に後事を託した。その養子を父とした彼女は、反戦意識の高い中洲小学校に入学し、英才教育を受けながらトルストイやドストエフスキーを読破した。六年生のとき、すでに彼女は作家志望であったという。

諏訪高等女学校を卒業し中央電話局の交換手となったが、社会主義者堺利彦に電話したことが発覚、「社会主義思想をもつ不良少女」として辞職に追いこまれた。その後はアナーキストたちに接近、山本虎三との同棲生活にはいった。しかし大正十二年の大震災で予防検束され、東京を追われることになった。翌年大連にわたり、『施療室にて』に描かれたように、一人で山本の子を産みおとしたが、その子を死亡させてしまった。

こうして「反逆」と「強い生命力」をバネに社会主義者やアナーキストの男たちと関係をもちつづけた。プロレタリア文学運動の有力メンバーとして、葉山嘉樹、前田河広一郎、青野季吉、中野重治、小堀甚二らと共闘。昭和二年にはその小堀と結婚した。平林は、分裂を繰り返すプロレタリア文学界の歴史を生き抜き、第二次大戦後は多くの運動家と袂を分かって小説執筆だけに集中する「作家」となった。

戦前の彼女の生きざまは、書くまでもなく、運動者としてのそれであった。体当たりの女であった。彼女にとってプロレタリア文学は「思想」や「哲学」の容《い》れものではない。プロレタリアとして最底辺の生活すら生き抜いてみせるという、そのすさまじい強さと覚悟の表明として、文学があった。だからこそ、プロレタリア運動が頭デッカチのインテリたちを中心に展開していったとき、肉体派の平林は早々にドロップアウトしたのである。

ちなみに書くが、平林たい子は女のデリカシーを捨てて闘った点において、林芙美子のそれによく似た生き方を貫いた人だった。

だが、平林になくて林にあった一つの素質がある。平林は小説の中で攻撃しつづける強い女だった。しかし林芙美子は、小説の中で、かわいらしいボケを演じることができた「かわいい女」だった。そこには笑いがある。同じすさまじい妊娠体験でも、林のそれには冗談が通じる。浴衣が一枚もない夏の日は、赤い海水着をつけて家の中に閉じこもっているというように、切羽詰まった中にもユーモアがあった。

しかし平林たい子の作品は、そうした笑いすらも受けつけようとしない、生理のおぞましい現実に貫かれている。

『黒の時代』

彼女の短編『黒の時代』(昭和三十一年発表)を紹介しておこう。熱気を帯びたプロレタリア文学運動も下火となった戦後の作品である。平林自身も生活にうるおいが出、グッピーなども飼おうかという時期にさしかかる時分だが、『黒の時代』はまだ何かに攻撃をつづける平林を描く。この作品で標的にされる男は、伊川という人物である。無気味な爬虫類気質の伊川は、紀州で、夫持ちの糸子を口説きにかかる。伊川という男の正体をまったく「消化しきれずにいる」糸子は、一方で微妙な男の磁力を感じてもいる。

糸子と伊川はプロレタリア文学者同士である。伊川には才能の光芒があり、客観をとびこえた魔法のような文体をもつ人物だった。それが男と女の関係にも反映しており、伊川の女好きは目に余る。

糸子はその年、伊川がもらった文学賞を受賞する。しかしその受賞に賛成しない者が一人いたことを知り、それが伊川ではないかと疑った。

受賞祝いの席に、その伊川がやってきた。伊川はつねづね労働者あがりと称しているが、糸子には「労働者を演じるインテリ」に見える。正体が定かでない。それゆえに魅かれる存在でもあった。

そんなとき、二人は選挙応援のために紀州を訪れることになったのである。その夜、伊川が彼女に「挑んできた」のは、もちろんであった。だが、伊川は拒絶される。あとは東京に帰るまで、気まずく不機嫌な旅行がどこまでもつづく。気が重くなるような内省のことばがつづく。

しかし糸子もまた清純な女ではない。夫にうんざりし、伊川を軽蔑し、田舎青年と浮気に走ろうともするが、そうしたことをぜんぶ消滅させてしまいたいほどの不満を、一方で感じている。東京に着いた糸子は、夫とともに宿屋に泊るが、互いの行状をあげつらっての口喧嘩となる。ラストの文章は、こうである——。

「それからしばらくの口諍いから二人は、不自然でなく情痴的な組合せと変って、新宿の宿屋に投宿した」

書くまでもないが、ここには不条理だが現実的な男女の関係がある。女は、その不条理を越えて、さらに不条理に現実を生きてゆかねばならない。そこには熱い政治運動の残り火もない。あるのは怨念である。ついでに書くなら、糸子とは平林自身であり、伊川とは葉山嘉樹（第二章参照）のことである。こういう暗黒のフィクションにした分だけ、葉山に対する平林の絶望と嫌悪は深かったにちがいない。

第九章　ドラマの自演力について——葉山嘉樹も途方もなかった

『海に生くる人々』のモダニズム

葉山嘉樹の中編小説『海に生くる人々』は、大正十五年に刊行された。日本のプロレタリア文学史に残る名作の一つであり、同じく海の労働者を描きつくした小林多喜二の『蟹工船』と比較すればなお興味を増す作品である。

『海に生くる人々』は、どろくさい『蟹工船』にくらべると、かなりモダンであり、あか抜けた部分をより多くもっている。ときには滑稽ですらあり、奇妙な団欒がある。たとえば次の文章のように——。

皆は、今日昼中の労働が劇《はげ》しかったので、夜は休みになるものだと考えていた。暴化《しけ》は稍々《やゝ》其勢を静めはしたが、然も、船首甲板などは一浪毎に怒濤が打ち上げて来た。そして、水火夫室の出入口は、波の打上げる毎に、素晴しく水量の多い滝になって、上のデッキから落ちて来るので、一々其の重い鉄の扉を閉さねばならぬ程であった。それに、今朝からのワンデッキとハッチの密閉とで水夫達は、その着物の大部分を濡らしてしまつた。(波田、三上の如きは、その全部を二重に濡らした、詰り一揃の服を二度濡らした)それで、今、誰の仕事着も洗ひ滌《すゝ》がれて、汽罐場の手すりに、乾かされてあった。

水夫達は起きるとすぐ、猿股一つでか、或は素裸でか、寝間着かで、汽罐場まで、仕事着をとりに行かねばならなかった。けれども裸で、その寒さに道中はならなかった。

波田は、自分の仕事着が未だ、今乾かされた許りであるので、いくら汽罐場の上でも未だ生乾きであることを知っていた。従って彼は、猿股一つの上に合羽《かっぱ》を着て作業しよう決心でいた。処が仕事着は小倉が彼に一つ呉れることにしようと申し込んだ。それで、彼は、油絵のカンバスのような、オーバーオールを一つ手に入れることが能《で》きた。それにはペンキで未来派の絵のような模様が、ベタ一面に彩《いろど》られて、ゴワ〳〵していた。

「それでも、ロンドンで買ったんだぜ」小倉は云つた。

「舶来の乞食が着てたんだらう。こいつあ具合がいゝや」と彼は云つた。

未来派、油絵、オーバーオールと、インテリジェントな単語を並べた文章である。このようなモダンさと洒落っ気は、小林多喜二の『蟹工船』をいくら探したって出てこない。

世に肉体派といわれた葉山が知的にふるまい、逆にインテリ派の小林がドロくさい肉体的な文章を書きつらねていることを、どう考えたらいいのだろうか。

その答えは、『海に生くる人々』の物語自体に隠されているのかもしれない。

葉山の作品には、万寿丸というボロ船が出てくる。ボーイ長の安井昇、そして腕っぷしの強い波田、誠実な三上、そしてインテリくさい藤原といった水夫たちが乗船している。悪の権化のごとき船長に対抗し、力を合わせてストライキを打つのだが、結局は体制に押し切られてしまう。だが、寒い海の上で生きた蟹工船の漁夫たちのような絶望や挫折はない。とくに白水と呼ばれる人物がおもしろく、社会主義や労働者団結の威力を理論的に説くかと思えば、バカみたいに快楽的に生活をエンジョイし、また人徳があり、鉄のように意志が固い。だから会社も白水を馘《くび》にできない。インテリを気取る藤原は、この白水にすっかりかぶれてしまうのである。白水の部屋は、当然ながら、同志たちの集会所となる。みんなで身の上話をしては、ケラケラと笑いあう。ふしぎなことに、下半身に関係したみだらな冗句も、小林多喜二の『蟹工船』のように、あからさまではない。いや、むしろ、多喜二を引き合いに出すのなら、かれの『党生活者』に描かれたテイストに近い。

そういうわけで、葉山嘉樹の『海に生くる人々』は対比しながら読んでおもしろい。それも、まったくふつうの意味で、おもしろい文学なのである。プロレタリア文学として意識せずとも、多くの男たちの生きざまが興味つきないのである。というよりも、登場人物たちがみんな、一つのダンディズムをもっている。ストライキに失敗し、労働者運動の限界にぶつかっても、一種のニヒルな諦観というか余裕にあふれている。たとえば、ラストシーンは、次のようである――。

彼等はそこで物の見事に首を馘《き》られた。

これが十二月三十一日だ。

藤原と波田とはランチで水上署へ行つた。

正月の四日までは警察も休みだつた。従つて、藤原と波田は、留置所の中で正月を休むことが能《で》きた。

彼等は正月の仕事初めから、司法で調べを受けた。そして治安警察法で検事局へ送られた。

検事は彼等を取調べるために、彼等を監獄の未決監に拘禁した。

彼等には面会人も差入れもなかつた。恰《あたか》も彼等は禁錮刑囚のやうに、監房の板壁を眺めた。

食事窓や、覗き窓や、その他の隙間からは、剃刀《かみそり》の刃のやうな冷たい風がシュッ〳〵と吹き込んだ。
彼等は、そこで刑の決定されるのを待った。

この諦観は、どうもすこし、かっこうがよすぎるかもしれない。しかも葉山がこれを一九二三年に名古屋千種刑務所内で書いたと知っては、なおさらのことである。

伝説的作家、葉山嘉樹

そこで筆者も、次のような印象を受けてしまう。
ひょっとすると葉山嘉樹は、プロレタリア文学のドロくさい部分を売りものにする気さえもたない、まるで異なったタイプの作家だったのではないか、と。もっとはっきり書けば、かれはインテリの――ということは、すぐれて個人的な私小説作家だったのではないだろうか、と。

実は、作家葉山嘉樹は、その生活ぶりが謎と諧謔とにいろどられた、伝説的な人物だったのである。その伝説の最たるものは、あとで詳しく書くが、「放蕩」――それも金銭と女の両方の放蕩にあった。そもそも、貧しい人々のために書くプロレタリア文学者に、放蕩は似つかわしいはずがない。とすれば、葉山はプロレタリア文学者でありつづけるために、自分を「貧しい人」の一員とする必要があったのであろう。それは、いわば読者へのサーヴィスであり、誠実でもあった。プロレタリア文学を書く者が大ブルジョアや大インテリであってはならないし、貧しい女性を欺したりしてもいけないのである。葉山は、そのとおりの理想的なプロレタリア作家となるように努力した。

努力はしたが、実のところかれは本質的に「貧しい人」でもなければ、「無垢な人」でもなかった。遊び好き、ぜいたく好きの、単なる享楽的な小説家だったのである。だから、本人は現実の自分と理想の自分を演じわけるのに、小説という虚構のリアリティを必要としたのではなかろうか。

その証拠に、葉山は自己の経歴を公けにしたがらなかった。とくに自分が早稲田大学中退であることを、絶対に口外しなかった。名古屋で労働運動にかかわり、監獄にはいったことのほうは、しばしば語り、また生まれは福岡と称しているくせに、故郷での思い出を告白することはなかった。

もっとわからないのは、葉山の結婚生活だった。「夫人」といわれる女性が何人もいた。信じられないようなエピソードもある。

葉山にとって糟糠の妻ともいうべき女性は、かれが入獄中に愛人をこしらえて出奔し、そのどさくさで葉山とのあいだにもうけた子を餓死させてしまった、というのである。劇的な、プロレタリア文学らしい凄惨な話である。ところが、後妻の言によると、葉山が小説家として有名になったあと、知らない子が家へ来て葉山に手紙を見せると、葉山はその子に金と返信を持ち帰らせたのだそうだ。おそらく、「糟糠の妻」とその子であろう、ということであった。

しかし、その「糟糠の妻」以前にも、まだ別の夫人がいたらしいのである。葉山によれば、あるとき汽車に乗りあわせた一人の娘が、涙ぐんでいるので声をかけたという。わけを尋ねると、親の命令で気に染まぬ人と結婚させられそうだという。葉山は同情し、「おれの妻にならないか」ともちかけた。娘も同意したらしく、汽車を降りて葉山の家までついていった。葉山は娘を外で待たせて一人で中にはいり、いきなり夫人に離婚を切りだした！

夫人が泣きながら出ていったあと、くだんの娘を後妻とした。その娘というのが、かれの入獄中に愛人をこしらえて出奔し、残した子を餓死させたという「糟糠の妻」なのだと、知人たちは推測していた。

当の葉山は、「汽車内で知りあった」後妻に逃げられたあとにも、中津川の旧家の娘と駆け落ちし、東京で新しい所帯をもった。この新しい妻は良家の娘で家事もよくでき、葉山はいつも小ざっぱりした着物を身につけることができたようだ。

葉山に口説かれたこともある平林たい子は、良家の娘と駆け落ちしたあとのかれの生活ぶりについて次のように証言している。

「彼はうるさい世間を尻目に、相当豪奢な生活をはじめた。部屋の中には真赤な絨氈をしきめぐらし、寝台のような大きな机をすえて贅沢な肴で酒をがぶ呑みにするのである。そのくせ、地方に出かけていくと、『万人が菓子をもつまでは、菓子をくうな』などと、色紙にかいて、地方のプロレタリヤ青年をよろこばすのである。

信州の飯田に講演に行ったときにも主催者が破産するほどのんで、その上同じ色紙を書いたそうである。今でも私はくにに帰る度にこの想い出話をきかされて大笑いをする。

彼は、この点では何か徹底した哲学をもっていた。政党運動が、作家にビラ貼りや演説会への出演を要求して、作家が弱りながらこばむ口実もなく、本来の仕事を放擲していたとき、葉山だけは、

『作家は小説で社会に奉仕するのだから、ビラ貼りはお断りだ』

といって、絶対に応じなかった。分り切った理窟ではあるけれども、それだけ強い自信を作品にもっていたのである」

プロレタリア文学界きっての色男

ちなみに、これら怪しい「葉山嘉樹伝説」の真相はどのようであったろうか。筑摩書房版『現代日本文学大系』第五十六巻に収められた、小田切進編の年譜によれば、次のようである。

葉山は明治二十七年に福岡県京都《みやこ》郡豊津村に生まれた。父は官吏で明治二十六年に京都郡長をつとめた。母は会津若松出身の女性という。大正二年、かれは、父が家屋敷を売った代金四百円を全額もらって上京した。早稲田大学高等予科文科に入学するも、放蕩にはまって父の金をすべて使いはたし、学費未納という理由で同年十二月に退学した。カルカッタ航路の貨物船に水夫見習として乗船したが、その後は転々とし、大正六年、二十三歳で門司鉄道局の臨時雇となった。しかしそこもすぐに辞め、戸畑の明治専門学校に雇われた。結婚した山井ヒサエとのあいだに、たてつづけに二女を得たが、いずれも一年以内に死亡。

大正九年、戸畑の学校に通う列車の中で塚越喜和子と知り合い、恋愛事件を起こした。そのために学校を解雇され、喜和子（前妻ヒサエとのあいだにもうけた）と二女とをつれて名古屋へ移った（二女はほどなくして死亡した）。

このときかれは名古屋セメントに勤めている。『セメント樽の中の手紙』は、まさしくかれの経歴を反映した作品といえるだろう。このセメント工場で労働組合を結成し、解雇されると、喜和子と正式に結婚して名古屋新聞社に入社した。名古屋地区の労働争議にかかわるうち逮捕され、有罪禁錮二ヵ月の刑に服した。さらに名古屋共産党事件で検挙され懲労七ヵ月の有罪をいいわたされた。服役中に喜和子に疑惑の行動が生じ「葉山の許を去」っている。

葉山嘉樹が三十一歳のとき、喜和子とのあいだにもうけた嘉和《よしかず》、民雄の二子が死亡している。この時期から葉山は作品を発表しはじめ、大正十五年一月には『セメント樽の中の手紙』が『文芸戦線』に掲載される。「中津町のお嬢さま」こと西尾菊江と出会い、西尾家の反対を押しきって結婚したのも、この昭和元年である。

たまたま日本プロレタリア文芸連盟が昭和元年に「日本プロレタリア芸術連盟」に改組され、ボルシェヴィキ的色彩を強めたときに、葉山もこれに加盟した。しかし昭和二年に芸連が分裂すると、葉山は、すこし幅が広く文芸家肌のある分派が集った「労農芸術家連盟」の結成に加わることにした。この「労農」は六ヵ月を経ずしてふたたび分裂し、蔵原惟人らが「前衛芸術家同盟」を旗上げしたが、葉山は「労農」に残った。

もっとも、このあたりからわけのわからなくなったプロレタリア文学各派の離合集散に翻弄され、太平洋戦争が始まると従軍作家をめざし、ついには大東亜文学者大会に出席するなど大政翼賛運動に加わっていく。昭和二十年、満州にわたり開拓団に参加したが、二ヵ月後にアミーバ赤痢にかかったところで終戦を迎えた。十月十八日、引き上げ中にハルビンと長春間の列車内で病死した。

葉山嘉樹伝説とは異なるようでいて、案外ぴたりと一致するところも多い実生活である。この人の評価は、その生き方からしてなかなか困難なのである。

だが、これだけは明確に主張できる――葉山は徹底した作家であった、と。プロレタリア運動の中にあっても、かれは真摯な運動家である前に、まず百パーセントの「作家」なのであった。同志が食うものにこと欠いて空腹をかかえているときも、自分だけうまい飯を食った。どこへ行っても、かならず商売女性を買って精力を発散させた。魅力ある女性は、つねに口説かずにいなかった。その一方で、木曾の山中の工事場に移り住み、労働者のきびしい仕事ぶりを眺めて「貧しい人々」との連帯を深めようともした。あげく、満州へ「拓士」として出かけしまうのである。結果は、引き上げの途中の横死である。

いったいこの人はプロレタリア運動家として真摯なのか、それとも不真面目なのか、よくわからない作家である。

すぐれた文学のもつ力

とはいえ、葉山嘉樹の文学におけるパワーは本物であった。小林多喜二に『蟹工船』を書かせる動機ともなった葉山の名作『海に生くる人々』を指して、プロレタリア陣営最強の論客の一人、中野重治も、「明治以後の日本の近代小説のうち、最も重要な作品の一つです。(中略)一九一七年のロシヤ革命で、新しい文学作品が、それまで現われたことのなかった姿で現われてきた——ああいうものに伍して、当時の日本文学の生み出しえたものとして、おさおさそれらにおとらない——そこにいろいろ問題はありますが、そういう作品だろうと私は思います」

と書いている。中野は、その評価を裏書きする一例として、葉山が俗にいうプロレタリア用語——レジスタンスだのイデオロギーだの——をほとんど使わなかったことを挙げている。たしかに、多くのプロレタリア文学にある致命傷ともいえる欠陥は、まさしくこの政治スローガンじみた仰々しいメッセージなのである。ひどい作品になると、物語のクライマックスで、「労働者よ団結せよ、資本家を叩きつぶせ」と絶叫し、話を何だか分からなくしてしまう。

「つまりここでの白水(作中の登場人物)には、この節の言葉でいうと、インテリくさいところがある。平常小さなことで、会社側と団結してやり合って行く組織的訓練がないから、いったん突破口にぶちあたると、法律論も歴史哲学もぜんぶ出てきてしまう。この白水が、自分の下宿へ労働者仲間を集めて教育して行くのですが、このとおりだったかどうか私は知りませんが、いかにも当時の姿がわかる気がします。進んだ考えをまわりにひろげて、工場単位で資本家と対抗する組織を作って行く条件のまだなかった時期の労働者だということがわかる。その時期には、進んだ労働者の行動はロマンチックになるんですね。（中略）あの作品の書かれた時期に、葉山は、労働組合運動のことで刑務所に入れられている。仮りに日本共産党に結びつけて考えると、日本共産党は一九二二年の創立で、この作品は、発表は二六年だが二二―三年ごろから書かれている。つまりこれは、日本共産党の組織事業から独立に書かれている。もちろん、そういう運動があちこちにあったからこそ日本共産党が組織されたのだけれども、とにかく葉山は、別の場面で、それ以前に書いている。（中略）客観的な叙述の枠を破って『我々』、『わが』、『おれ』というところまではいり込み、おのが心境を吐露するというに近い主観で作を貫けたことは実によかったと思う」（中野重治『「海に生くる人々」の言葉』昭和三十一年）。

だが、それにもかかわらず『海に生くる人々』は、かれの多くの作品同様に、真摯な実体験をベースに置いている。ただ、自分の体験をストレートに語るのではなくさまざまな分身に割って、複雑なストーリーをつくりあげる。これでほんとうの自分を隠しこめるのである。横浜で娼婦に説教されて社会主義に目覚める小倉や、腕が立ち喧嘩に強い波田や、真面目で温情ある三上、そしてインテリで攻撃的な藤原ら、多くの個性的な水夫は、いかにも頼りないボーイ長の安井昇と同様に、ことごとく葉山自身の分身である。だからかれは、真面目になったり自暴自棄になったり、ニヒルになったり、バカになったり、自由に自分のふるまいを主張できた。

これに対し、小林多喜二は『蟹工船』で別の「海に生くる人々」を描こうとしたが、周知のように小林はインテリのサラリーマンであって、実際に蟹工船内の地獄から這いでてきたわけではなかった。したがって、小林は自分を分割し、バカ笑いや自暴自棄といった呪わしい感情を自発的にぶつけあわせることができなかった。自作自演にできなかったのである。つまり、小林は船内の地獄をフィクションにできなかった。元来がフィクションだったからである。だから『蟹工船』はドラマではない。ドキュメンタリーな手際でしか描かれなかったからである。

これを別のいい方であらわせば、葉山嘉樹は主観を語り、また語る資格をもっていた、ということになるだろう。反対に小林は、主観でものごとを発言できなかった。小林も作家である以上は客観的ではなく、主観的になりたかったはずである。

たぶん、葉山嘉樹の強さはそこにあったのだろう。『海に生くる人々』にあっても、物欲と肉欲に駆られた船長に対抗して、波田や藤原や小倉たちはストライキを敢行する。このストライキを通じて、登場人物たちは警察に連行されたり馘《くび》を切られたりするが、それが受難とは読めない。葉山自身がそうであったように、出獄後もまたかれらはしたたかに生きのびる予定を組んでいるからである。その点、観念的にこの世の地獄を創始せざるを得なかった小林多喜二の場合、登場人物たちは単に「地獄の責め苦」を味わされる受難だけの存在に見えてしまう。小林は運動家であり作家であったが、まだ作家の部分に転用の利くような、壮大な運動家としての生をもっていなかったのである。

とはいえ、葉山嘉樹の作品は、作品だけが一人歩きして生きつづける力をもっている。葉山の生涯がどんなに波乱万丈だったとしても、それに関係なく作品は残る。対照的に、小林多喜二の『蟹工船』は、おもしろく、また興味ぶかい小説内容とは無関係に、小林自身が官憲のリンチを受けて殺されるという事件に遭っていなかったら、はたしてこれだけ広く読み継がれてきただろうか。ドラマの自演力はまことに重要である。

第十章　強いぞ、女教師！——女性たちはプロレタリア文学を変えた

『二十四の瞳』の時代背景

もしかすると、日本で最もよく読まれたプロレタリア文学は、壺井栄の『二十四の瞳』かもしれない。そう、『二十四の瞳』はプロレタリアートと関係がふかい小説なのである。壺井栄の経歴が、まずもって、女流プロレタリア作家と呼ばれるにふさわしい資格をそなえている。小豆島の樽職人の家に生まれ、家業倒産の憂き目を見てのち原木運搬、郵便局勤務など激務の果てに病に倒れた。のち、プロレタリア作家壺井繁治と結婚するも、夫はたびたび逮捕された。

『二十四の瞳』は、弾圧の中でプロレタリア文学運動が展開された昭和初期にかなり遅れて、この運動が社会のあと押しを得た戦後の昭和二十七年に発表された。だから、話がプロレタリア運動とかかわっていないかのように見えるのも、無理からぬ話である。けれども、作中、大石先生が小豆島にある岬の村の分教場へ赴任するのは、作品執筆時の昭和二

十七年でなく、昭和三年四月四日にわざわざ設定されている。つまり、弾圧下にあった昭和三年あたりでないと、この物語は成立しなかったのである。その理由は、ちゃんと『二十四の瞳』の冒頭に述べられている――、

「……この物語の発端は今からふた昔半もまえのこととなる。世の中のできごとはといえば、選挙の規則があらたまって、普通選挙法というのが生まれ、二月にその第一回の選挙がおこなわれた、二カ月後のこととなる」（傍点筆者）

これでもう明瞭になったと思うが、『二十四の瞳』はプロレタリア運動がさかんだった時代の話なのである。そこで一つおもしろいのは、大石先生の父親に関するエピソードである。分教場の校長は、その父親と一緒に小学校に通った仲だった。足を怪我して自転車通勤できなくなった大石先生に対し、校長はいう。

「（父親の）大石くんに、似たとこがありますな。一徹居士なところ。なにしろ彼は、小学生でストライキをやったんだから、前代未聞ですよ」

と。大石先生の父親は、ある問題で受けもちの先生に誤解されたことに怒り、なんと小学校四年生のときに級友をそそのかして、一日ストを打った人物だったのである。小学生にしてストライキを構えた父親は、まさに「生まれながらのプロレタリア運動家」だったといえる。

その娘である大石先生が、昭和三年というまさに炎の時代に、プロレタリア文学とその運動に巻きこまれないわけがなかった。彼女は、小学生に反戦思想を吹きこんだ隣町の某教師に共感し、証拠品として警察にマークされた文集『草の実』を、国語の授業に使っていた。教頭がこれをみつけて即座に燃やし、

「あ、焼かずに警察に渡せばよかったかな。しかし、そしたら大石先生がひっぱられるな。ま、とにかく、われわれは忠君愛国でいこう」

と、暗に批判するのである。しかし父親に負けぬ一徹居士の大石先生は、この問題をふたたび教室にもちこみ、生徒に向かって冒険的な問いかけをこころみる。

「あかって、なんのことか知ってる人？」

だれも手をあげない。顔を見あわせているのは、なんとなく知っているが、はっきり説明できないという顔だ。

「プロレタリヤって、知ってる人？」

だれも知らない。

「資本家は？」

「はーい」

ひとり手があがった。その子をさすと、

「金もちのこと」

「ふーん、ま、それでいいとして、じゃあね、労働者は？」

「はい」

「はい」

「はーい」

ほとんどみんなの手があがった。身をもって知っており、自信をもって手があがるのは、労働者だけなのだ。


――といった具合に。なんと、大石先生はプロレタリア運動の初歩を子どもに手ほどきしているではないか。当然ながら教頭に、

「大石先生、あかじゃと評判になっとりますよ、気をつけんと」

と注意されることになる。

巧みなプロレタリア文学の手法

『二十四の瞳』は、あくまで平穏な小豆島の片田舎で進行する静かな物語である。しかし、

この片田舎にすら、戦争という最も強烈な国家的＝体制的な統制が及んでいくプロセスに、かえって時代の閉塞感、搾取感の実態が浮き彫りにされる。『蟹工船』のように地獄をダイレクトに描いた作品とは異なり、楽園に忍び寄る恐怖とでも称すべき、かなり高等な間接表現法を用いた作品なのである。

壺井栄のこうした手法を端的に特徴づけているのが、大石先生の乗る自転車だろう。それは単に、毎日の通勤が十八キロもあるという、この道のりを制覇するために選ばれた乗りものではないのだ。村人にすれば、彼女の姿は、

「おてんばで自転車にのり、ハイカラぶって洋服をきていると思ったかもしれぬ。なにしろ昭和三年である。普通選挙がおこなわれても、それをよそごとに思っているへんぴな村のことである」

といった光景に映ったことだろう。が、そこにはもっと重要な暗示があった。五ヵ月の月賦で購入した自転車は、都市の工業製品であり、資本家と労働者の対立の中で生まれた労働闘争の産物である。すなわち、農漁村と異なり、意識の高い工場労働者がつくりだした製品が村の分教場に出現したということは、とりもなおさず、「あか」がこの時代ばなれした村にも侵入した事実を物語っているのである。

もちろん、大石先生が自転車ごと倒れて傷を負う場面もまた、警察による労働運動弾圧

を暗示するものと受け取れよう。このように、『二十四の瞳』に静かに埋めこまれたさまざまな情景は、あらためて一読すると、どれもこれもプロレタリア文学固有のそれであったことに気づかされる。

女教師は女性解放運動のリーダーだった

しかも、最大のシンボルは主人公が小学校の女教師だという一点に絞られる。階級的、組織的な前衛運動において、いち早く情況に目覚めて女性解放の先兵となったのは、女教師たちだったからである。

当時の女性を、労働の形態から分類するとき、圧倒的に多かったのは「働く主婦」であった。しかし主婦には妻、母、嫁といった職業的に割り切れない役割がからみつき、主婦自身を労働運動や女性解放へと直結させづらい側面があった。しかし一方、若年の女性労働者もまた、『あゝ野麦峠』ではないが、悲劇的ではあっても、党派的、前衛的ではない。結局、残るところは女学生や女教師といったインテリ層を運動の牽引車にするしかなかった。

もちろん、農村の働くお母さんがたが運動のリーダーになってもよかった。だのに、この主婦たちがあまりクローズアップされなかったことには理由《わけ》があった。圧倒的に多かった彼女たちには、最初からハンディキャップがあったからである。女流プロレタリア文学者住井すゑの『農村雑景』に、その答えが明示されている。「都市プロレタリアートを第四階級とすれば、小作農民はまさに第五階級である。しかしこの第五階級たるや、未だ社会の最下層とは言い得ない。何故なら彼らの下には、なお女と子供があるからだ。

女子供――一口にこう片づけられるのは都鄙ともに貧しい階級の常である。そしてそこには彼らの存在が、いかに社会的に最無力であるかを知らしめるための至妙な響きがこもっている。しかし事実は皮肉にも、『女子供』はその辺のご主人、ご令息、ご令嬢よりも遥かにすぐれた生活能力を備えているのだ」

つまり、この逞しい女子どもは、あまりにもみごとな生活能力を具えていたがために、階級的自覚をテコに運動主体になるというような結論を急いで出す必要がなかったのである。

だからこそ、生活能力よりも意識のほうが前進したインテリ女性たちの出番が要望されていた。たとえば、大石先生の父親のひそみにならえば、女学生でストライキを打った第一号は、市川房枝である。まさに大正末から昭和初期へと移行するその時期にあたり、女子学生は日本髪から「オカッパ」へとヘアスタイルを変えた。ところが女子専門学校は女子学生に昔ながらの日本髪と木枕《きまくら》を強制した。これに対し市川ら女子学生は、安眠できない木枕の強要に反対し、枕ボイコットのストライキを打った。これが日本史上初の女子学生ストライキ「枕スト」といわれる事件である。

望月百合子の描いた女教師

そんなわけで、女子学生が女だてらにあそこまで頑張るなら、女教師も負けてはいられない。昭和初期、いわばプロレタリア文学の高揚期に登場した多くの女流作家は、しめしあわせたかのように女教師を主人公とした物語を書き綴った。昭和十年代になり女子も勤労奉仕のため戦時体制下の工場で働くようになると、彼女たち勤労部隊の物語も一気にふえたが、コンスタントに描かれたのはやはり女教師だった。

望月百合子の掌編『魔石を打ち砕け』は、とにかく威勢がいい。M大学に新設された女子部の事務方である松本幸子は、危険思想の持ち主といわれる山上一枝を文学同志会主催の文芸座談会に招いたことを知らせるポスターを、学内に貼る。するとハゲ頭の村井主事に「悪思想を当校の学生に宣伝されては困る」と、反対された。幸子は怒って、上司である村井主事のことをボロクソに語るのだが、これがまた手きびしいのだ。

「……が彼は異状な精力家で、その為に頭は禿げてしまったし、体は枯木のように痩せ細っているし、また二十年近くもつれ添った妻君は神経衰弱になって、数年前から子供達と一緒に鵠沼に別居してしまった程だ。それでもまだ彼の慾望は満足せず、独り暮らしを幸いに絶えず待合に入りびたりの形で、そこから出勤することさえある」

禿げだろうが、性欲絶倫だろうが、大きなお世話だ、放《ほ》っといてくれ、といいたくなる向きもあろうが、しかし女性は体制におもねる男の弱点を熟知していた。エロでハゲ！　ここを衝けば、男なぞという存在はだれが見ても「いやらしい体制派」と映ってしまうからふしぎなのだ。

ともかく幸子は、ポスターを貼れなかったお詫びもかねて山下の講演会に出席した。歓迎を受けて、幸子の意識はさらに高まる。

が、翌朝、例の村井主事が朝っぱらから幸子を待っていた。

「ゆうべ、あんたはどこへ行きました？　告白しなさい」

主事はA博士とグルになって、ねちねちと彼女を追及しはじめる。この二人の男を見ているうちに、彼女は思う——こいつらごとき男は、自由とか幸福とか正義とかを磐石のように押さえつけている魔石に等しい！

「そうだ！　ほんとうに正しく生きるためにはこの魔石を打ち砕かなければならない」

幸子は心を決し、男たちに向かって胸のすくような啖呵を切り、威勢よく大学を辞めてしまう。新しい行く先は、山上一枝の家だ。同志として参加するのだ――。

とはいうものの、この掌編では、肝心の山上一枝がどういう危険思想の持ち主であるか、さっぱり書かれていない。そのために、幸子の行動は、思想に開眼するインテリというよりも、セクハラされてぶち切れたＯＬ、といった印象を色濃くする。感情的反撥の部分が強いからである。それはとにかく、えらく元気がいい作品もあったものである。

恐るべき女教師パワー

一方、若林つやも、女教師を登場させた作品をかなり書いている。たとえば、『光を感ずる子』である。厳格に校則を守らせる老いたる女教師鬼頭先生といった、〝反面教師〟を地で行くものすごいキャラクターを登場させた短編であり、びっくりさせられる。この蒼白いヒステリー先生を描写して、いわく――

「彼女は二十四と言う悪い年に生まれて来た事と、女学校時代にあるマドロスにもてあそばれた事とから大分度の進んだヒステリーでしかも××地方のなまりのあるトゲトゲしい言葉つきの女であった」

女教師の敵は女教師。まるで劇画のキャラクターのごとく、「鬼頭先生」のイメージを次々に明らかにしていく手際は、女流プロレタリア作家の勢いというものだろう。

若林は佳作といわれる『押し寄せる波』において、校長に牛耳られる職員たちが女教師を中心に立ちあがる姿を描いてもいる。この主人公もなかなかの烈女である。

室住光子は男まさりの教師であり、校長の横暴と対決すべく同僚たちと待遇改善要求書づくりに精を出す。ある会合では、「服の上に羽織を引っかけて駒下駄という妙ないでたち」で出席するのだが、ちびた下駄を引きずって歩くシーンに微笑してしまうほどの「男っぽさ」である。今ならさしずめジャージーにサンダル履きだろうか。

彼女たちがまとめた要求は、次のようなものだ。「校長及び首席は単なる感情により転任、及び退職には反対。下校時刻は放課後一時間後とし、併せて私生活に対してあまり干渉せざること。日直は女教員のみでなくすること。もし不可能のときは男教員の宿直料と同額の日直料を支給すること」

しかし、室住光子はここで声をあげる。

「も一ツつけ加えて下さい。私達の生理的異状時に於ける体操、水泳の指導についてですけれど、体操をキチキチやらされたり水泳の指導させせられたり、出来ないと言えばサボるように思われたりする事は、全く困るんです」

生理のことまで堂々と発言する強さに感動を禁じ得ない。大石先生よりも、ひょっとすると上手《うわて》であるかもしれない。

ちなみに、若林の『押し寄せる波』に対し、小林多喜二が『東京朝日新聞』(昭和六年九月)に批評を寄せているので引用しておこう。

「最近の新聞が頻々として『赤化教員』の事実を報道している時、この作品はその意味で一つの興味を与える。然しここでは教員は(地主、小作人、校長などと有機的に関係づけられねばならないのに)それ自身として、単に切り離されてしか描かれていない。(校長たちは)お手軽に片付けられて、極めてトン〳〵と最後へ運ばれて行っている」

小林のありがたい忠告だが、女教師はすでに目覚めてしまった女性である。こわいものなぞあるわけがないのである。

第Ⅲ部　プロレタリア文学は奥深い

——にもかかわらず、プロレタリア文学は貧しき階級を覚醒させ、社会的に意義ある運動主体として行動させるための起爆剤であった。

プロレタリア文学が単に毒抜きのエンターテインメントとなってしまった現在、その「毒」の部分にどれほどの有効性があったのか、わたしたちはプロレタリア文学全体をもういちどチェックする必要がある。もしかしたら、プロレタリア文学は「終わったジャンル」ではないのかもしれない。

本書の第Ⅲ部において、わたしたちは真摯な労働運動の一環として生産されてきたプロレタリア文学の役割と意味とを、グローバルな視点から再評価していきたいと思う。

第十一章　「プロ文」を超える文学――藤村の『夜明け前』

『破戒』が追求した問題

前章でプロレタリア文学運動最盛期の「自覚した教師」像にふれながら、ふと思い出していたことがあった。紙数の問題があったため、前章では書き漏らした。そこで、今回、あらためて話題にしたい。語るべきは、島崎藤村の『破戒』なのである。

この作品は近代日本に自然主義小説を定着させた記念すべき傑作といわれている。自然主義とは、要するにリアルな描写とリアルな物語のことである。よく、リアリティーを機軸とした小説が自然主義といわれるが、リアリティーとは感じさせ方の技術によってどうにでも出すことができる。いかに荒唐無稽と思われようと、リアル感をそこに添加すれば、そこにまったく別の衝撃が内蔵されるようになる。

そういうリアルな社会テーマとして十九世紀末が発見したものが、「貧困」や「搾取」や「差別」であった。

『破戒』は、明治三十九年に出版されたため、まだプロレタリア文学が成立を見ていない時代であった悲しさか、『二十四の瞳』などとも対比されては語られなかった。しかし『破戒』はあきらかに「自覚した教師」を主人公としてリアルな社会問題を追及した小説群の範疇に含まれる。

主人公の瀬川丑松は、飯山の小学校に首席訓導として職を奉じる、いわゆる教員である。だが、目覚めた教員である丑松は、新思想の持ち主として学校側からマークされた。やがて、校長の策謀によって、転任というかたちで小学校を追われようとする。

小学校教員の中には、先生とは名ばかりの、かなり悲惨な〝労働者〟も多かった。とりわけ不幸なのは、零落した士族教員の風間敬之進である。名前だけはいかにも勇ましいのだが、実態はまことに気弱で陰鬱とした中年男である。この士族が、健康を理由に退職するのだが、恩給がもらえるまでの勤務年月に、あと半年足りない。恩給の裁量権を握る郡視学に、なんとか有資格者として退職させてもらえないかと懇願するけれども、あっさりと拒絶されてしまうのだ。

「プロ文」が語り得なかったこと

――と、ここまでの話で終わるのなら、まさに教師受難を描くプロレタリア文学の堂々たる先駆作品といえるのだが、藤村の中では「プロレタリア」などという政治的スローガンは最初から無視されていた。実は、もっと重大な抑圧や差別、そして搾取が存在し、それこそが働く者たちの尊厳を奪っているという事実を、藤村は知っていたからである。そのリアルなテーマこそ、被差別民の問題である。だから主人公丑松は、新思想の持ち主である前に、人間としての尊厳を守るために自分の身の上を隠さねばならなかった。この苦悩に比べたら、プロレタリアートの苦しみは民族の陋習にまで降りていくような本質的なものではない。思想や運動といった観念上の問題ではない。不合理な偏見への闘いは、正直にいうと、当時まだプロレタリア運動の得意技にはなっていなかったのである。

つまり、藤村は、より本質的な主題に取り組んだといえる。だから日本を代表する作家となった。だが残念なことに、昭和初期のプロレタリア文学者が弾圧や差別の問題をそこまで深く、しかも広く掘り下げた形跡は、ほとんどみつからない。藤村の小説があまり活用されなかったのである。その端的な例が、小林多喜二である。かれはたしかに搾取される労働者をホラー小説のように活写した。だが、それはあくまで資本家と国家と――せいぜいが労働者たちの無知の罪までを暴いたにすぎなかった。多喜二の小説には、アイヌに加えられた民族と固有文化そのものの略奪といった、「徹底的な生物学的問題」は語られない。

その意味からすれば、プロレタリア文学はテーマの面でも、日本の主流文学あるいは国民文学となるべき道筋を具えていなかった、ともいえる。逆に藤村のほうは、プロレタリア文学が引き受けなかった社会的問題まで背負いこんだ「ブルジョア文学」を書きつづけた。これを換言すれば、プロレタリア文学よりもさらに真実的な「解放」をもたらす力を秘めた「非プロレタリア文学」が存在し得た、ということとなのである。

挫折した若者像に迫る

さて、島崎藤村の作品がプロレタリア文学よりも一層偉大であったもう一つの要因を、あえて指摘しないといけない。実をいうと、藤村はプロレタリア運動が辿った最終的な解体と終息とを、そもそもこの運動がかたちを成す以前に、いち早く描いてしまっていた。夢を抱いて世直しに立ち向かう善意の大衆は、やがて時代によって踏みにじられ、抹殺されていく。この冷たい真理を、藤村は描いた。みんなで盛りあがる子どもの運動会のごとき一部のプロレタリア運動には、絶対に描けない「自己否定」である。

しかしそれでも時代を生き抜こうとした藤村自身は、まったくしたたかな人間であった。たとえば、偉大な人格者だった父にさえ発生した性的タブーを、自らもまた犯してフランスに逃亡せざるを得なくなった藤村は、自身、近親相姦の罪にさいなまれつづけてなお、これだけの作品を残せたからである。この性的タブー問題にしても、貧乏が悪いのでもなく、無知が悪いのでもないから、藤村はプロレタリア作家が考えるよりも深いところで、性のモラルについて熟考しなければならなかった。哲学的に深まって当然なのである。小林多喜二も、女性問題を含めて激しい一生を送ったが、藤村の場合は運動でなく現実が相手であったから、その激しさはかれら運動家の及ぶところではない。その典型として、どうしても目を通す必要がある作品といえば、やはり藤村の第二の長編小説、『夜明け前』を措いて他にあり得ない。篠田一士は、この作品を『白鯨』のようだ、と評したが、たしかにそれくらい壮大な規模の物語といえる。こういう本質的真理と対決した物語の前では、プロレタリアだの資本家だのは、いかにも小さく感じられてくる。『夜明け前』は、江戸末期の封建体制を破った明治新政府の施政に解放の夢を託した人物の一生を描いた、大河小説である。折しも昭和四年から七年にかけて、プロレタリア文学運動が官憲弾圧下という逆説的な黄金時代にある時期に、時を合わせるようにして発表された作品である。

かれが描こうとしたテーマを、プロレタリア文学風に表現すれば、旧支配が倒され人民が勝利してゆく共産主義的あるいは社会主義的な歴史プロセス、である。ただし、この歴史プロセスは明治維新の場合、思いどおりにうまく転がらなかった点には、問題があるのだけれども。主人公はといえば、そうした歴史プロセスに目覚めた地方の有力者であって、それまで抑圧されていた人民を解放する希望の下で、プロセスの促進に命を捧げていく。かれ自身はプロレタリアではないが、解放の指導者として存在する。

だがしかし、かれの希望は、歴史のプログラムが展開されていくにしたがって踏みにじられ、やがて破壊されてしまう。結果、物語の主人公は放火の罪を犯したあげくに狂死するしかなくなる。

亡き父、島崎正樹への告白

『夜明け前』の主題を抜きだすだけなら、右のようになるだろう。しかし、これでは、単なる悲観主義者の歴史シミュレーションではないか、と批判があがるかもしれない。けれども、同時代の「熱いプロレタリア文学」が束になってかかっていっても絶対に勝てない力が、『夜明け前』には内包されていた。というのは、悲劇の主人公青山半蔵の生涯が、ほぼ忠実に、藤村の実父であった島崎正樹のそれをなぞったものだからである。つまりこの作品は、フィクションである前に、「すでに結果の出た人物」の評伝なのである。失敗した世直しのリアルな記録なのである。そしてあいにく、当時全盛期にあったプロレタリア文学は、まだ「失敗」ということばを口にする必要がないほど若わかしかったのである。

藤村は、姪を相手とした情事への批判から逃げるために渡仏したが、三年後に帰国した直後、『海へ』と題した紀行文を書いた。その中で、亡き父に向かい、次のように告白を綴った。

日本に来航した黒船の図を長野の屋敷で見た父が、「迫り来る外来の威力の象徴とも見るべき幻の船」に大きく心を悩ませ、日本の近代的自立をめざす志士となった経緯である。その父は、めざすべき理想の日本のために、一つのモデルを信奉した。それは、平田篤胤《あつたね》が主張した「古き世の復活」――仏教も儒教も流入しない前の、神と民とだけでつくられた自然《おのずから》の世――であった。

「……私はあなたが御生涯の終の日を過されたといふ裏の木小屋をも見てまゐりました。『慨世憂国の士をもつて発狂の人となす、豈《あ》に悲しからずや』とはそこでのあなたの最後に書かれた言葉であつたとも承はりました。平田派の学説に深く心を傾けられたといふあなた、古史伝の上木の費用を補はれたといふあなた、仏教といひ基督教といひそれらの外来の思想を異端とせられたあなた、『蟹の穴ふせぎとめずば』の歌を詠じて洋学の国を傷つくることを諷されたあなた――私はあの黒船の幻影から切りはなして、あなたの御生涯を考へることも、あなたのいたましい晩年を想像することも出来ません」(『海へ』)

ここで紹介する『夜明け前』のあらすじも、当然ながら、実在した島崎正樹の生涯と読み換えていただいて、まったく差し支えないと思う。

青山半蔵の苦しみ

ペリーの黒船が到来した嘉永六年、この大ニュースは木曾の山中にいた青山半蔵（すなわち島崎正樹！）の耳にも届いた。折しも半蔵は婚礼をあげたばかりの若者盛りである。家業は本陣、問屋、そして庄屋をかね、一方で藩と村民とのあいだを取りもつ役割も引き受けていた。封建の世のならいとして、山林や田畑の利用も制限され、これを解放すべく藩とわたりあう急先鋒の家柄であった。

半蔵は父を助け、家業を盛りたてねばならぬ立場にあったから、他の志士のように、勇んで土地を離れることができない。わずかに江戸へ出て、平田篤胤の後継者である鉄胤《かねたね》の許《もと》へ赴き、篤胤没後の門人となるくらいが精いっぱいのところであった。

したがって、半蔵は日本の大変動を、あくまでも木曾の街道沿いにある本陣を通して体験するにすぎない。日本変革の主役となる天誅組、水戸天狗党、官軍などが、江戸へ、あるいは京へ向かう途中、半蔵の本陣に立ち寄っては、幻のごとく去っていく。それでも半蔵は全力を傾けて王政復古のために陰ながら尽力する。

島崎藤村が描いたこの青山半蔵という人物は、庄屋である。庄屋とは、小作農や他の貧しい人々のような、もっぱら「解放されるべき対象」、なのではない。庄屋は小作農たちを解放してやらなければならない義務を負っていた。いわば「解放するべき主体」なのである。だから、庄屋を主人公とした藤村の小説は、「虐げられる貧しい人々の群」を描くだけで十分に迫力が出るプロレタリア文学よりも、ずっと困難な立場に置かれていた。なぜなら半蔵も村の人々も、まだプロレタリアという階級意識をもたぬ世界にいたばかりでなく、半蔵は実際、プロレタリア階級に属してもいなかったからである。

庄屋の青山半蔵は、どのようにして社会の不合理を自らの苦しみとしたのか。かれの村落全体を巻きこんだ社会システムの不合理に対し、半蔵は苦しみ、怒る。

そのシステムとは、書くまでもなく、青山半蔵の住む地域の全生産を支えた「木曾の山林」をめぐるものであった。

古代においては木曾の山々には自由があった。だれが山にはいって木を伐ってもよい。山は、みんなのものだった。しかし中世以後、山を支配する権力が出現し、人々が山にはいり木を伐ることを規制しはじめた。尾張藩にいたっては、「木一本首一つ」といわれるような厳しい規制が行なわれ、もはや人々の山ではなくなった。

この状態をくつがえすには、社会システムを中世以前へ戻すしかない。青山半蔵は、山林に自由に出入りできた時代というものを、神の支配した古《いにしえ》の代《よ》、と理解した。実は、そもそもの悲劇がそこにあった。というのは、「神の支配したいにしえの代《よ》」に具体性が欠けていたからである。中世、すなわち鎌倉幕府以後の武家支配をさかのぼる「いにしえ」というのは、天皇支配の世、をあらわす。

だが、天皇親政の世もまた、律令を中心とした政治システムは人工的なもので、どこかに山林支配の無慈悲さを潜ませている。青山半蔵が考えた「古の代」は、天皇の支配する世のことではなかった。なぜなら、天皇もまた日本を統治するシステムとして考えたとき、所詮は、都合のよい社会管理に乗りだすに決まっているからである。

そして不安はあたってしまう。必死になって「新しき古」を招きよせたと思った「明治維新」は、天皇支配を取り戻す王政復古であったにもかかわらず、薩長が支配する「新しい封建」が誕生したにすぎなかった。明治政府は木曽の山林を完全に立入り禁止とした上、青山半蔵をも行政から弾きだすという挙に出たからだった。

つまり、明治維新という「王政復古」は、単に復古であって、「新しき古」をつくる力をともなっていなかった。だから青山は、封建時代よりももっと悪いシステムを布《し》かれ、ついに行政へもタッチできなくなる。

「解放する主体」であったはずの青山半蔵は、こうして「解放する主体」の立場まで剝奪された。

平田篤胤と「新しき古」

　では、「新しき古」というアイデアが、なぜそんなに曖昧だったのか。それは、このアイデアが世界観や日本の哲学史観、さらにいってしまえば宗教観を変革するために生まれたものであって、政治や社会システムをただちに変革するプログラムや道筋を示したわけではなかったからである。

「新しき古」への復帰を願う運動は、生活ではなく、学問から発生した。国学四大人《うし》の最後に名を連ねた平田篤胤の考え方である。篤胤にとって、古代とは、たとえば神武天皇が東征した皇紀二千六百年余以前にさかのぼる古代ではない。むしろそれならば、本居宣長のように『万葉集』や『古事記』をもって、理想の天皇親政時代を賛美する手もあった。天武天皇のころは理想的だったとか、いや、持統天皇の時代がよかった、とイメージ化できたかもしれない。

　しかし平田篤胤は、本居宣長のように古文献学者の域にとどまらなかった。日本中の遺跡を掘り、「日本人以前の日本」に住んでいた何者とも知れぬ古代神人の遺物――たとえば「天《あめ》の石笛《いわぶえ》」や、「神代の文字」や「古代の日量《ひばかり》（土圭のこと、これで方位を定め、季節を定め、都市を定めた）」を発掘した。そして平田篤胤は、五千年以前の日本を「古代」と考えたのである。

　本居が弥生時代までだとすれば、篤胤は縄文時代までさかのぼる。縄文の祭政一致の世界こそ、「古《いにしえ》」であった。ここには、どう考えても、神武天皇以来の天皇制は及んでいない。もっと根源的な「神ながらの道」があったのである。

　だから平田篤胤のあとを継いだ平田学派の二代め平田銕胤は、明治維新にあたって、政治権力を握ろうともしなかったし、あえて「古代の山林の自由化」にも踏みこまなかった。聖なる森を神に、あるいは天皇に返せ、とダイレクトにいったわけではない。平田篤胤自身も、「古に帰る」方法として、幕府を倒す運動に力を貸した記録もない。

「世直し」への期待

　ならば、平田学派は明治維新に何を期待したのか？

　世直しである。

　いや、もっと正確にいえば、世直りというべきかもしれない。

　世は、革命によって自然に直る。決して、人が直すものではない。

　だから、世直りなのである。

　平田篤胤は世を直すために、日本という国の神、人、世の成りたちを正しく理解しなおすことに命をかけた。中国の思想に汚染され、すっかり日本らしさを失った江戸後期の事情を、心から憂えたからだった。

篤胤は、季節を知り、時間の運行を正しくはかる暦の改革に着手した。当時の暦がまったく太陽の運行や季節と合っていないことは、幕府も承知していた。だから土御門家以来の陰陽道を捨て、西洋天文学を導入しようとしたのである。暦が狂っていては、社会も狂わぬわけがない。篤胤は暦を正すにあたり、西洋天文学をも超えた古代日本の暦の技術(事実、これは中国由来の古代天文学とかかわりが深かったのだが)を研究した。

次に度量衡、つまり物差である。物を量る道具が正確でなければ、社会は乱れる。そこで篤胤は古代尺の実際の長さを究明し、その長さによって新しい国づくり、新しい耕作地づくりに着手しようとした。古代にあっては、長さの単位のみなもとは太陽(の影)にあり、したがって神(太陽)の教える長さの下で国生みがなされたのである。

以上は、ほんの数例だが、平田篤胤はそのようなレヴェルの日本改革をめざした。かれは一時、大塩平八郎の一味ではないかと疑われたが、武力クーデターが無意味であることを説いて、むしろ大塩的な世直しを否定していたのである。

平田篤胤は、西洋の合理思想よりもさらに合理的で、シンプルで、しかも美しい思想をもっていた。「古」を想定し、そこに復帰することで日本を新しくできると考えた。まことに壮大な発想で、時代が経つほどプロレタリア独裁が近づくといったマルクス主義的進歩思想と異なり、モデルを五千年前の古代に置いた。

したがって、明治維新を迎えたとき平田学派は、こぞって官軍を迎え、学問改革と宗教改革に力を注いだ。仏教、儒教のような中国の教えを排し、神道でも俗流すなわち中国化した神道はこれを正し、西洋のキリスト教をも善導してゆける真の宗教、すなわち古神道をもって、国のシステムの基本にしようと尽力した。だから、銕胤はじめ多くの平田派人材が神祇局に参加し、神仏分離の前提となる改革をすすめていった。しかしその神祇局は、やがて明治政府の管理するところとなり、教部省と名を変えたころから平田学派の理想とかけ離れた国家神道をつくりだしていった。

つまり、天皇の名の下に、封建時代よりもずっと残虐な近代社会システムが生まれていくことを、平田一門は、青山半蔵ともども、嫌悪をもって眺めるようになったのである。

この挫折感！

飢えて死んでゆく貧しい人々は、不幸な存在である。

しかし、飢えて死んでゆく日本は、青山にとって、もっと不幸な存在である。

昭和四年から七年にかけて、日本のあちこちでプロレタリア文学活動が弾圧を受ける中、島崎藤村はただ一人、搾取されていく日本文化に危惧を抱いた。このままでは、プロレタリア文学も死ぬが、日本文化も死んでしまう。その思いを、平田篤胤の学問（新しき古）の挫折に形を借りて、描こうとしたのが『夜明け前』なのである。

青山半蔵の犯した過ち

そういうわけだから、青山半蔵は、天皇制を旗印にした明治政府の国体づくりを、よく理解できなかった。いや、そもそも明治政府のつくりあげた天皇制すら、よく分からなかった。半蔵が政治や体制を正そうとした理由は、そのことを通して日本の心と思想が正されると思ったことにあったのである。そこで犯した大きな過《あやま》ちは、明治維新という体制の革新が、日本文化と日本の心をも変えてくれる、と単純に信じこんだことであった。実は、両者はまったく別のものだったのである。

このことを島崎藤村はよく理解していた。すこし長くなるが、第二部下巻から次の一節を引用したい。

「その時になると、多くの国学者はみな進むに難い時勢に際会した。半蔵が同門の諸先輩ですら、ややもすれば激しい潮流のために押し流されそうに見えて来た。一体、幕末から御一新の頃にかけて、あれほどの新機運を喚《よ》び起したというのも、その一つは大義名分の声の高まったことであり、その声は水戸藩にも尾州藩にも京都儒者の間にも起って来た修史の事業に根ざしたことであった。そういう中で、最も古いところに着眼して、しかも最も新しい路を後から来るものに教えたのは国学者仲間の先達《せんだつ》であった。あの賀茂真淵《かものまぶち》あたりまでは、まだそれでもおもに万葉を探ることであった。その遺志をついだ本居宣長が終生の事業として古事記を探るようになって、はじめて古代の全き貌《すがた》を明るみへ持ち出すことが出来た。そこから、一つの精神が生れた。この精神は多くの夢想の人の胸に宿った。後の平田篤胤、及び平田派諸門人が次第に実行を思う心はまずそこに胚胎《はいたい》した。何と言っても「言葉」から歴史に入ったことは彼等の強味で、そこから彼等は懐古でなしに、復古ということをつかんで来た。彼等は健全な国民性を遠い古代に発見することによって、その可能を信じた。それにはまずこの世の虚偽を排することから始めようとしたのも本居宣長であった。情をも撓《た》めず慾をも厭《いと》わない生の肯定はこの先達が後から歩いて来るものに遺して置いて行った宿題である。その意味から言っても、国学は近《ちか》つ代《よ》の学問の一つで、何もそうにわかに時世後れとされるいわれはないのであった。

もともと平田篤胤が後継者としての鉄胤《かねたね》は決して思いあがった人ではない。故篤胤翁の祖述者をもって任ずる鉄胤は、一切の門人をみな平田篤胤歿後の門人として取り扱い、決しておのれの門人とは見做さなかったのが、何よりの証拠だ。多くの門人等もまたこの師の気風を受け継がないではない。ただ、復古の夢を実顕《じっけん》するためには、驀地《まっしぐら》に駈け出そうとするような物を企つる心から、時には師の引いた線を超えて埒《らち》の外へ飛び出したものもあった。けれども、その単純さから、門人同志の親しみも生れ、団結も生れることを知ったのであった。あの王政復古の日が来ると同時に、同門の人達の中には武器を執って東征軍に従うものがあり、軍の嚮導者《きょうどうしゃ》たることを志すものがあり、あるいは徳川幕府より僧侶に与えた宗門権の破棄と神葬復礼との方向に突き進むものがあって、過去数百年に亘《わた》る武家と僧侶との二つの大きな勢力を覆すことに力を尽したというのも、みなその単純な、しかし偽りも飾りもない心から出たことであった。殊に神仏分離の運動を起して、この国の根本と枝葉との関係を明かにしたのは、国学者の力によることが多いのであり、宗教廓清《かくせい》の一新時代はそこから開けて来た。暗い寺院に肉食妻帯の厳禁を廃し、多くの僧尼の生活から人間を解き放ったというのも、虚偽を捨てて自然《おのずから》に帰れとの教から出たことである。すくなくもこの国学者の運動はまことの仏教徒を刺戟し、その覚醒と奮起とを促すようになった。いかんせん、多勢寄ってたかって為《す》ることは勢を生む。しまいには、地方官の中にすら廃仏の急先鋒となったものがあり、従来の社人、復飾の僧侶から、一般の人民まで、それこそ猫も杓子もという風にこの勢を押し進めてしまった。廃寺は毀《こぼ》たれ、垣は破られ、墳墓は移され、残った礎《いしずえ》や欠けた塊が人をしてさながら古戦場を過ぐるの思いを抱かしめた時は、やがて国学者諸先輩の真意も見失われて行った時であった。言ってみれば、国学全盛の時代を招いたのは廃仏運動のためであった。しかも、廃仏が国学の全部と考えられるようになって、かえって国学は衰えた。

いかに平田門人としての半蔵なぞがやきもきしても、この頽勢《たいせい》をどうすることも出来ない。大きな自然《おのずから》の懐の中にあるもので、盛りがあって衰えのないものはないように、一代の学問もまたこの例には泄《も》れないのか。その考えが彼を悲しませた。彼には心に掛るかずかずのことがあって、このまま都を立ち去るには忍びなかった」


篤胤といえば、いまだに皇国史観の総本山と即断される存在だが、藤村は皇国史観の華やかだった昭和初期にあってすら、篤胤と俗流の国粋思想とを切り離して考えていた。父が信奉した平田学説の真の価値を、おそらく父自身から聞かされ、江戸末期における平田篤胤の存在意義を理解していたのだろう。それは政治権力としての天皇制ではなく、平田らが〝発明〟した「新しき古《いにしえ》」なのである。

「この新しき古は、中世のような権力万能の殻を脱ぎ捨てることによってのみ得らるゝ。この世に王と民としかなかったような上《かみ》つ代《よ》に帰って行って、もう一度あの出発点から出直すことによってのみ得らるゝ。（中略）古代に帰ることは即ち自然《おのずから》に帰ることであり、自然《おのずから》に帰ることは即ち新しき古を発見することである。中世は捨てねばならぬ。近つ代は迎えねばならぬ」

つまり、平田篤胤は学問を通じて「新しき古」を創りだそうとした。その実践策としては、大塩平八郎や生田萬《いくたよろず》のように奉行所焼き打ちやクーデターのごとき実力行使に出ることでなく、古の象徴である「霊《たま》」の力を回復させることであった。具体的にいえば、仏教や儒教が否定的に扱ってきた霊の活動する空間、すなわち「幽冥界」の実在を証明することと、神代のありさまを科学的・実証的に探求することとが実践された。これはすぐれて理性的な姿勢であった。一般に、篤胤がファナティックと受け取られたわけは、人と語るときの熱意、探求の際の情熱、そして古代への信頼の深さに拠っていた。決して、かれの学問の本質にあったのではない。

だからこそ半蔵もまた、世直し打ちこわし運動に加わりたい気持ちを必死に抑えながら、いわば理性的な日本解放をめざしたのである。だが、明治維新後の「近つ代《ちかつよ》」は半蔵の期待を完全に裏切った。村民による山林の木材伐採権などは幕藩時代よりもさらに制限され、平田派の学者たちも政府が組織した教部省に吸収され、結局は地方神社の番人におとしめられていった。それに代わり、西洋思想や官僚制度が日本らしさを次々に破壊しはじめる。

思い余った半蔵は、明治天皇の行幸の際、「古つ代に帰って出直す政治」の必要を直訴した扇を献げるという狂気の行動に走った。その結果、新政府内にわずかながら得ていた行政官としての地位も奪われ、山中の寺へと追い払われてしまう。絶望したかれは、寺に放火し、息子たちの手で座敷牢に閉じこめられたのち狂死する。

この明治天皇への献扇事件は、実際に明治七年に起きている。当時二歳だった藤村には記憶すらなかったろうが、父はこの事件を契機として、社会改良家としての霊《たま》を抹殺されていくのである。むろん藤村は最初、父の古くさくてファナティックな行動に批判的だったろう。かれの視線は、そうした庄屋の苦労とかかわりなく日々苦闘する村民のほうを向いていた。しかし、性のタブーを犯しフランスに脱出して以降、かれの視線は庄屋であった父、解放の対象でなく主体として苦しんだ父へと向きだした。ここにおいて藤村は労働者の視線でしか物を見ないプロレタリア文学的狭隘《きようあい》を脱するのである。半蔵が座敷牢から弟子どもに自分の屎《くそ》を投げつけて叫ぶ、「さあ、攻めるなら攻めて来い。矢でも鉄砲でも持って来い」という心情も、理解できるようになる。

「笛に踊らぬ」人々への絶望

結局、最後に村人たちに屎を投げつけた半蔵の行為が、一つの真理を暗示している。解放されるべき相手が、案外に笛には踊らぬという真理である。当然ながらリーダーは疲れ、苛立ち、ついに狂って屎を投げるしかなくなる。藤村が小説のラストに書き入れた一章は、まさにダメ押しといってよい。

「……ひとり彼の生涯が終を告げたばかりでなく、維新以来の明治の舞台もその十九年あたりまでを一つの過渡期として大きく廻りかけていた。人々は進歩を孕《はら》んだ昨日の保守に疲れ、保守を孕んだ昨日の進歩にも疲れた。新しい日本を求める心は漸く多くの若者の胸に萌《きざ》して来たが、しかし封建時代を葬ることばかりを知って、まだまことの維新の成就する日を望むことも出来ないような不幸な薄暗さがあたりを支配していた」（傍点、筆者）

そう、だから〈夜明け〉への活動は次のリーダーに引き継がれるしかなかった。まだ疲れない、疲れさせないリーダーに。ただし、藤村は『夜明け前』につづく次の小説の新しい主役に、農民や労働者を選ばなかった。なんと！　半蔵に封建思想のシンボルとして放火された寺の住職、松雲和尚を選んだのである。藤村の父に、仏教を中世的権威と断罪されショックを受けたこの坊さんが、真の夜明けをめざす次の大作『東方の門』の主役に抜擢された。もしかしたら、迷惑なことだったかもしれない。松雲和尚はそれでも主役を張って、がんばってみることにしたが、幸か不幸か——藤村は『東方の門』の第三章第五節を執筆中に斃《たお》れてしまう。和尚は、いわば、梯子を外《はず》されたのである。

第十二章　志賀直哉の謎——『暗夜行路』の裏事情

冷たさへのラブコール

小説の神様といわれた志賀直哉は、どういうわけかプロレタリア文学者からも熱烈に敬慕された。いや、一般の文学者以上に、志賀直哉を神格化した、といってよい。たしかに志賀は文豪である。今もって文豪といわれているのだから、たしかにそうだったのだろう。

しかし、どうも腑に落ちないのは、いわばブルジョアジーに属した「男性本位」の作家である志賀直哉が、なぜ、貧民たちの味方であるプロレタリア作家からもラブコールを送られたのか、その理由である。

しかし、志賀作品をいろいろと読んでいくと、やがて、ハタとわかることがある。志賀は冷たい。性と死にばかり関心をもつ作家である。おまけに、市民的なあたたかみをもった倫理観がない。良識がない。あまりにストレートに、無味乾燥に、おそろしいことをサラリと書いてしまう。

この反俗性、反骨性が、結果的に、世の矛盾や残酷さや冷たさを描こうとするプロレタリア作家たちの参考になったのである。

とりわけ注目すべきは、短く切れていく志賀の冷たい文体である。この文体は、プロレタリアの悲劇的な現状をたたみこんで告発する文章に、何よりもピッタリとくる。

『城の崎にて』を楽しむ

有名な短編『城の崎にて』は、山の手線の電車に跳ねとばされた主人公が、養生のために但馬の城崎温泉へ出かけたときの見聞を、綴ったものである。

まずは、蜂の死骸についての描写があらわれる。これでもか、といいたくなるほど冷酷な文章によって、蜂の死骸はもてあそばれる。

ある朝の事、自分は一疋《いっぴき》の蜂が玄関の屋根で死んでいるのを見つけた。足を腹の下にぴったりとつけ、触角はだらしなく顔へたれ下がっていた。他《ほか》の蜂は一向《いっこう》に冷淡だった。巣の出入りに忙しくその傍《わき》を這《は》いまわるが全く拘泥《こうでい》する様子はなかった。忙しく立働いている蜂はいかにも生きている物という感じを与《あた》えた。その傍に一疋、朝も昼も夕も、見る度に一つ所に全く動かずに俯向《うつむ》きに転《ころが》っているのを見ると、それがまたいかにも死んだものという感じを与えるのだ。それは三日ほどそのままになっていた。それは見ていて、いかにも静かな感じを与えた。淋しかった。他の蜂が皆《みんな》巣へ入ってしまった日暮、冷たい瓦《かわら》の上に一つ残った死骸を見る事は淋しかった。しかし、それはいかにも静かだった。

夜の間にひどい雨が降った。朝は晴れ、木の葉も地面も屋根も綺麗《きれい》に洗《あら》われていた。蜂の死骸はもうそこになかった。今も巣の蜂共は元気に働いているが、死んだ蜂は雨樋《あまどい》を伝って地面へ流し出された事であろう。足は縮めたまま、触角は顔へこびりついたまま、多分泥《どろ》にまみれてどこかでじっとしている事だろう。外界にそれを動かす次の変化が起るまでは死骸はじっとそこにしているだろう。それとも蟻《あり》に曳《ひ》かれて行くか。それにしろ、それはいかにも静かであった。忙《せわ》しく忙しく働いてばかりいた蜂が全く動く事がなくなったのだから静かである。自分はその静かさに親しみを感じた。

つづいて、鼠と木の葉が〝死の危険〟を迎えるさまを目撃したあと、主人公はイモリに出会う。このシーンがまた即物的で、やるせないほどハードボイルドに描かれている。

なぜなら、イモリは主人公によって、ごく偶然に死を見舞われるからである。悪意がなくても、人は他の生物を殺すことができる。

この冷えびえとした死生観と文体とに、プロレタリア文学者たちは思わず、悪意ある資本家の意識を想起し、何の理由もなく殺されていくイモリに、貧しい人々の運命を見たにちがいない。

またすこし長くなるが、志賀直哉の冷たい文章の極北を存分にお楽しみいただこう。

　だんだんと薄暗《うすぐら》くなって来た。いつまで往《い》っても、先の角はあった。もうここらで引きかえそうと思った。自分は何気なく傍《わき》の流れを見た。向う側の斜めに水から出ている半《はん》畳敷《じょうじき》ほどの石に黒い小さいものがいた。蠑螈《いもり》だ。まだ濡《ぬ》れていて、それはいい色をしていた。頭を下に傾斜《けいしゃ》から流れへ臨んで、じっとしていた。体から滴《したた》れた水が黒く乾《かわ》いた石へ一寸ほど流れている。自分はそれを何気なく、踞《しゃが》んで見ていた。自分は先《せん》ほど蠑螈は嫌《きら》いでなくなった。蜥蜴《とかげ》は多少好きだ。屋守は虫の中でも最も嫌いだ。蠑螈は好きでも嫌いでもない。十年ほど前によく蘆《あし》の湖《こ》で蠑螈が宿屋の流し水の出る所に集っているのを見て、自分が蠑螈だったら堪《たま》らないという気をよく起した。蠑螈にもし生れ変ったら自分はどうするだろう、そんな事を考えた。その頃蠑螈を見るとそれが想い浮ぶので、蠑螈を見る事を嫌った。しかしもうそんな事を考えなくなっていた。自分は蠑螈を驚《おどろ》かして水へ入れようと思った。不器用にからだを振りながら歩く形が想われた。自分は踞んだまま、傍《わき》の小《こ》鞠《まり》ほどの石を取上げ、それを投げてやった。自分は別に蠑螈を狙《ねら》わなかった。狙ってもとても当らないほど、狙って投げる事の下手な自分はそれが当る事などは全く考えなかった。石はこツといってから流れに落ちた。石の音と同時に蠑螈は四寸ほど横へ跳《と》んだように見えた。蠑螈は尻尾《しっぽ》を反《そ》らし、高く上げた。自分はどうしたのかしら、と思って見ていた。最初石が当ったとは思わなかった。蠑螈の反らした尾が自然に静かに下りて来た。すると肘《ひじ》を張ったようにして傾斜に堪《た》えて、前へついていた両の前足の指が内へまくれ込むと、蠑螈は力なく前へのめってしまった。尾は全く石についた。もう動かない。蠑螈は死んでしまった。自分は飛んだ事をしたと思った。虫を殺す事をよくする自分であるが、その気が全くないのに殺してしまったのは自分に妙な嫌《いや》な気をさした。素《もと》より自分のした事ではあったがいかにも偶然《ぐうぜん》だった。蠑螈にとっては全く不意な死であった。自分はしばらくそこに踞んでいた。蠑螈と自分だけになったような心持がして蠑螈の身に自分がなってその心持を感じた。可哀想《かわいそう》に想うと同時に、生き物の淋しさを一緒《いっしょ》に感じた。自分は偶然に死ななかった。蠑螈は偶然に死んだ。自分は淋しい気持になって、ようやく足元の見える路を温泉宿の方に帰って来た。

『雨蛙』の底知れぬ深さ

長与善郎に捧げた『雨蛙』という短編も、寒々とした話である。

美しい田舎娘せきは、造り酒屋「美濃屋」の若い主と結婚し、妊娠する。しかし五カ月めに流感にかかり、あえなく流産してしまった。

その後せきは妊娠しなくなった。三年後のある日、教養に関心のないせきは、急用ができた夫の代わりに、講演会へ行くことになる。ところがせきは、講演が終了したあと二人の〝先生〟が泊る旅館で酒呑み話を聞いたあと、先生がたと同じ旅館に泊ることを承諾した。せきはただぼんやりとして、どこへ泊るも同じ、と思っただけだったが、先生がたの受け取り方は違っていた。

一夜あけ、夫がせきに尋ねる。

「だれかと一緒に寝たのか？」

「いつの間にかG先生がはいってきました」

せきは淡々と答える。悪びれるところがない、いや、悪びれるどころか、まったく関心がないのである。夫とは別の男と一夜をともにしたことも、路で見つけた夫婦者らしい雨蛙に無関心なのと同じように、心に残らないできごとなのだった。

いったい、このせきという女は何者なのだろう。志賀でなく、谷崎潤一郎か武者小路実篤が書いたなら、新しい感覚をもった性的な美女に描きあげられたにちがいない。しかし、志賀は違う。雨蛙の妻のように動物的にしか反応しない女がもつ、底知れぬ存在の深さを描く。彼女は人間社会の義理や人情に反応しない。

だとすれば、せきのような女性こそは逆説的に「社会から奪われ、犯された女」の姿なのではないだろうか。せきの無感覚ぶり、無感動ぶり、無教養ぶりは、いわば「天性」だが、しかしこれが社会から強要されて身についたものだとすれば、これはプロレタリア文学のテーマとなる。

ああ、われもなりたや白樺派

わずか二例を引いただけだが、志賀直哉という作家のふしぎな「即物性」や「冷酷非情ぶり」をご理解いただけるものと思う。ただ、断《ことわ》っておくが、これはあくまで作品の上でのことである。

白樺派の主力メンバー、武者小路実篤や志賀直哉の生きざま、書きざまをひとことにして評そうならば、男に生まれてよかった、と心から叫べるような「男《おとこ》冥利《みょうり》の実践者」、という一点に尽きる。実にうらやましい。よくいえば、自我の確立と理想主義への邁進、悪くいえば、身勝手な放蕩である。他人のことは気にしない。これをいい換えれば、自分に優しく他人に厳しい、となる。だから、性生活などについても割合に開放的であった。ハーレムみたいな共同体はつくるわ、放蕩生活に現《うつつ》を抜かすわ、ブルジョア作家だからこそできた芸当である。

ただし、白樺派が他の無頼派、観念派の作家たちと異なるところは、身勝手を押し通すことに対するふしぎな自信と、それを鍛えあげる苦悩をセクシャルな快感と同一視できる逞しさとが、いつも内在している点だろう。苦しみも快楽のうち、どうせ最後は自らの自我が世間をうち負かすに決まっているのだから、という独善性にある。ここが最大の魅力なのだ。ああ、もしも願いが叶うなら、われもなりたや白樺派。貧乏性の上に小心者の筆者は、いつも白樺派の勇ましさに憧れてきた。

おどろくべきことに、プロレタリア文学者にしてもその思いは同じだったらしい。宮本百合子、小林多喜二をはじめ、有能な作家たちはこぞって志賀直哉を師と仰いだ。志賀は、白樺派のうちでも図抜けて勇ましい、筋金入りの快感作家だった。苦悩はするが反省はしない。これが白樺派的絶倫性の本源であり、プロレタリア作家にも参考になるところだったのである。

宮本百合子と白樺派の共通点

プロレタリア文学者にあって、インテリ層にアピールした稀有の女流作家といえる宮本百合子に、『伸子』という長編小説がある。主人公の伸子が、比較言語学者である夫、佃一郎の俗物性を嫌悪し、夫と家庭を捨てる話である。この作品を、志賀直哉の『暗夜行路』にきわめてよく似た力作と評価した本多秋五にいわせると、徹頭徹尾、伸子の側からしか現実を見ようとしない「視点の固定化」が、白樺派と共通しているのだそうな。

「……しかも白樺派より張りの強い合理主義と結びつくとき、作者は佃に対して『検事的』だという非難が必ずしも不当でない罪状問詰的な特徴を生む。伸子の内的必然が描かれた位に、相手の佃の内的必然も描かれていたら、という不満は理由のないことではない」

たしかに、いくら女の解放や自我確立をもとめてのこととはいえ、離婚には「喧嘩両成敗」の部分があって、いくら冴えない、俗物根性丸出しの中年学者にだって一片の正義ぐらいはあり、そこに目を向けるのが作家の探究心というか「職業病」ともいうべき面目なのである。しかし、白樺派に傾倒していた宮本百合子は、『伸子』において、あえて相手を一方的に叩きのめした。参考までに書くが、『伸子』は百合子自身の結婚破綻体験を語った自伝的小説なのである。この点でも『暗夜行路』に近しい作品といえる。

『伸子』に描かれたリアリズム

『伸子』の舞台は、ニューヨークから始まる。二人の留学生が異国で知り合い、結婚する。もちろん、リードするのは、自分に絶対的な自信をもつ若い伸子だが、どういうわけか相手の佃は正反対の気弱な中年男である。彼女がいつ自分を見限って別の男になびくやも知れず、したがって結婚という「愛の固定化」を望んでいる。とはいえ、佃は気弱だから、結婚してくれ、とも明言できない。

そこで伸子は、自分の自信と情熱とを相手に燃え移らせようという気魄をもって、友人たちの反対を押し切って結婚を強行する。帰国して両親に夫を引き合わせるが、なにしろ船旅に弱く死人も同然になった情けない新郎であるから、親のほうも苛立たずにおられない。

「――永く外国にいた人というのはあんなもんなんだろうかね……変だね何だか――挨拶も人なみにできないようでさ」

こうした小さなできごとが重なったあげく、伸子もまた佃に我慢ならなくなる。離婚を迫られ観念した佃は、最後の場面で泣きながら小鳥籠の網を剪《き》る。小鳥はいったん逃げるが、一羽の十姉妹が戻ってきて、「急に放たれた空気の広さと自由さを信じ得ない」ようにチッチッと啼いた。これを見た佃は、いきなり、伸子の手を砕かんばかりに摑むと、

「ああ、ああ、鳥でさえ帰って来るのに——……君は……君は……」と訴えた。

これに対し伸子は、あたしまで飼鳥にさせられては堪《たま》らないわ、とばかりプイと目をそむける。

この作品、どこが志賀直哉的かといえば、第一に挙げられるのが、ねちっこさ、である。セックスを含めた私生活の部分をかなりジメジメと描きこんでいる点にある。震災のあと、壁の落ちたところに紙を貼ろうとするマメな夫を、「伸子」こと百合子は、次のように批判する。

「……佃は、先、庭へセメントの池を拵《こしら》えた時もそうであったが、働きを程々でやめるということのできない人であった。やりだすと、自分も傍の人間もうんざりしきるまで頑張ってやる。その時もその伝であった」

貧乏人だから修理は自力で行なうものと信じて疑わない素朴な夫に対し、修理は業者に、と思っているブルジョア家庭育ちの妻。そんな手仕事、やってられないわよ、といいたげだ。

こういう調子だから、夫婦生活にも不満が溜まってくる。上品には書いてあるが、次の

ごとき一節にも、「あんた、ダメねえ、若いあたしを満足させてくれないじゃない」との露骨な本音《ほんね》が聞こえてくる。

「佃の、何だか恩恵的な、ある時にはそういう行為さえ、伸子のためと云いたげな感情を感じるのは、伸子にとって苦しく、屈辱であった。彼女は、ひとりでに満ち溢れて来る自分の、若い、溌剌として愛撫されたい欲望さえ、そんな時は憎く口惜しく、悲しかった」

また、二人で温泉場に行ったときも、伸子は「高原的な緑木のざわめき、軽快な空気。自動車で来る路々も、伸子はほとんど官能的な解放を味った。（中略）ひとりでに活潑になりたい欲望を強く感じ」て、さかんに夫を誘うのだけれど、佃はいつものごとく乗りが悪すぎる。これは今なら逆セクハラである。

傑作なのは、佃とその父親を上野の博覧会に連れて行くシーンだ。堅物学者と田舎の老人を、なんとストリップショーまがいの裸興行に案内する！　ちょっと長いが、志賀直哉の変態リアリズムを実践した名場面なので引用する。

「池の端で、彼らは万国街に入った。舞台には、椰子の生えた海辺の背景が置かれ、その前に裸体へ草の腰蓑だけをつけた女が二人現われていた。（中略）女達は並んで手を叩いたり、足ぶみしたり、腕を動かしたりしながら、ぶるぶる、うねうね体中の筋肉を顫わせた。三十越して見える肥った方の女の体は、特別人間離れしてよく動き、腰蓑の上につき出ただぶだぶの腹などは、遠くからでさえ、上へ下へ、右、左へ、音楽につれてくねくね廻るのが見えた。舞台の端に『エジプト筋肉顫動《せんどう》ダンス』と書いた札が出ていた」

伸子が喜んだこのベリーダンス、他の二人の印象はまるで違っていた。

老人――「変な踊りじゃのう――」

夫――「下劣だ！」

というわけで、現代の若い娘たちにはゆめゆめ読ませられない作家である。彼女たちはきっと、わが意を得たり、と歓喜するだろうから。白樺派の伝を借りれば、「よくぞ女に生まれてこれた！」と、神に感謝したくなること請け合いだろうから。

ともあれ、ベリーダンスを変だとか下劣だとか思うのは「俗物」である。きびしいリアリズムの目で見れば、肉体の躍動と性の解放はすばらしい。そこに思想や道理でなく人間の行為を見ることができる。それを描くことがリアリズムだとすれば、「そういう、きびしいリアリズムの点づけから言うと志賀直哉はやはり偉いわ、セザンヌと同じ意味で」（宮本顕治宛ての書簡）という結論になる。百合子はつづけて、「漱石が大衆性をもっているのは、或意味で、あのダラダラ文章、イージーな寄席《よせ》話術の流れがある故です」（同）と、〝俗物〟作家漱石に牙をむけている。

そんな宮本百合子は、実生活でも最初の夫を捨て、ソヴィエトに飛び、やがてプロレタリア文学に開眼した。『伸子』は開眼以前の作品だが、開眼以後も彼女の内にありつづけた志賀直哉的資質は、正しい意味で『伸子』の勢いを運動に結びつけて大きく飛躍した。自我と自信と苦悩。この三拍子揃った〝快楽〟こそ、プロレタリア文化運動の加速化に何よりも必要な要素だったからである。

苦悩というエクスタシー

そこで再度問題になるのが、小説の神様なる称号を欲しいままにした志賀直哉である。周知のように志賀はブルジョアだった。内村鑑三を通じて社会的正義や倫理を深く意識したけれども、それはかれの本質が権威的で反倫理的だったことの裏返しで、いわば理性の上での贖罪にすぎない。

現に、徴兵猶予のために大学に籍だけ置いたり、徴兵されてのちも耳の病気と軍隊内のコネを利して、わずか九日間で常後備役免除をかち取っている。有名な父親との不和も、原因の一つは明らかに性《セックス》を巡る対立にあったし、日常は麻雀をはじめとするギャンブル狂でもあった。かれを慕った小林多喜二が拷問死した事実を知ったのも、麻雀で夜あかししたさらに翌日のことであった。

ついでに書けば、志賀の戦争嫌い、軍人嫌いも、最大の原因はかれの自由と文学的営為とを制限する対象であったからにほかならない。だから、名優市川左団次の訃報を聞き、「心細き事にして、偽りなき所余は広瀬中佐の死より悲しむものなり」と感想をしたためたのである。役者と軍人を直接対比しているところに、志賀のすごさがある。

しかし、これだけなら、ただの野獣派、無頼派で終わった。志賀は野放しにしたセックスや自我や理想を、一層エクスタシックなものに昇華する超テクニックを開発した。〝家〟を利用することである。名門としての誉れ、世間体、そして上流階級の倫理、そういったブレーキをあちこちでふかして、苦悩というさらなる深みに至る道を発見した。プロレタリア文学とのかかわりから論じた、河口司の『志賀直哉論』は、実に痛快な作品だが、以上のごとき志賀直哉の末路をみごとに要約している。

「……『和解』も実は、子の生(性)にブレーキをかけようとした父への反抗であり、妥協であったのだ。結局のところ、志賀直哉は、父にとうとう降伏したのである。それはその後の彼の創造活動を見てみれば瞭然とする。もうそこから、彼は『倫理』の道に屈伏し、反抗と反逆の道を捨て、『調和』というつまらぬ穴にとじこもったのである」

河口が明らかにしようとしたのは、倫理と〝和解〟した自我の怪物志賀直哉の、プロレタリア文学への悪しき影響であった。小林多喜二を頂点とする〈戦旗派〉、すなわちナップの作家たちもまた、貧しい人々の苦境を倫理の面から訴えてしまった。倫理的訴えは、ヒューマニズムと同じく、一般社会の広く注目するところである。しかし、訴えは解決策ではない。それは快感であり、カタルシスである。一瞬の浄土なのである。だから、ねちっこく前技を重ね、ときに苦悩のための苦悩をみずから生産することで、効果は最大となる。『暗夜行路』は、まさにそれであった。が、それ自体は、思想としてのプロレタリア文化運動と直接関係のない別ものだった。宮本百合子の『伸子』が、放りだされたダメ夫たちに対する何の解決策にもならなかったように。

志賀の倫理的解決

『暗夜行路』は、その意味で、プロレタリア文学のテーマを、社会的弾圧でなく、主観的弾圧によって描いた作品といえるだろう。いじめて、いじめて、いじめ抜く。しかし自作自演だから、どこかに〈和解〉や〈調和〉がセットされている。だから冷静に、一方的に、あるいは主観的に加虐を観察できる。小林多喜二や宮本百合子が志賀の作品に魅かれた最大のポイントとは、まさにその身勝手な力だったはずだ。小林も百合子も、目的は労働者の惨状を志賀直哉のように冷たく——ということは、自作自演による筋立てのように冷たく、描きあげることにあった。そうすれば、おのずと〈和解〉と〈調和〉への道が開けるのだから。

ところが、志賀の文学は、あくまでも解決ではなく、和解や調和をめざすのである。極端な話、負けたふりをするだけでいいし、謝ってもいい。ただ、そのようなかたちにことをおさめるには、理論や哲学のごとき黒白をつける方法は、似つかわしくない。有効な手だては、ただ一つ、相手の出方を見ながら逃げをうつことである。

『暗夜行路』は執筆に十六年を要した長大な作品だが、ストーリーは素朴すぎるほど単純である。母の不義という因縁が、輪廻のごとく妻の不義を引き起こさせた、その当事者である男――息子――夫の苦悩を物語る。だがこの苦悩は大山《だいせん》登攀という肉体的疲労と、そのあとに来た大腸カタル発病によって、みごと相殺される。体が弱れば自我も倫理も影をひそめ、不義との和解を可能にする。事実、主人公の謙作は、不義を犯した妻直子の看病を望み、直子も「とにかく自分はこの人に離れず、何所までも此人に随いて行くのだ」と決意する……。

できすぎた和解である。が、百合子や多喜二が文学の上でめざしたのも、ある意味では和解であった。その和解を実現するために、社会権力の側が前非を悔いて詫びを入れてくるまで「ねちっこい告発」をつづけたのである。つまりこれが、志賀のめざした倫理的解決だったのである。

第十三章　ある失敗企画を追って（上）――各派のはざまで

筆者が食客としてお世話になっている平凡社は、その昔、どうやらプロレタリア文学の総本山をめざしたこともある出版社だったらしい。迂闊なことに、昭和三〜六年に刊行された平凡社版『新興文学全集』全二十四巻に出会うまで、そうした事実をまったく知らなかった。

驚異の『新興文字全集』

この全集は、まことに種々雑多な傾向の作家を組み合わせた〈一九二〇年代の缶詰〉といえるような企画である。第一巻から第十巻までは「日本の部」に充てられ、小川未明、秋田雨雀に始まり、平林初之輔、青野季吉らに終わる。残りは「外国の部」で、イギリスから始まってヨーロッパ各国の〈新興作家〉を紹介している。

しかし、最初の読みどころは各巻に別冊付録として付された『新興文学』という雑誌形式の月報である。これはまさしく『文芸戦線』だの『解放』だの『戦旗』だのといったプロレタリア文学雑誌に匹敵する、りっぱな雑誌なのである。この末尾に載せられた「編輯室」という編集後記を一読し、ほとんど絶句した。

「……本誌は全読者諸君に向つて解放し無産文壇の登竜門として提供する。奮って投稿してほしい。熱あり力あり自信ある作品を大に歓迎する。僕たちはもうだらけきつた商売雑誌の商品的作品には何程の期待もかけてゐないのだ」（昭和三年三月）

「我々の新興文学は前号も発売を禁止された。残念であつた。だがしかし、プロレタリア文学の一般的な状勢はこゝ数ヶ月の間に異常の進展を示した。左翼の雑誌は毎月その出産の間際に突然の困難に出合ひながら敢然としてその発行をつゞけてゐる」（昭和五年八月）

この二例を見るまでもなく、およそ商業出版社の刊行する全集の後記とは信じがたい。だいいち、みずから「商業雑誌はダメだ」と断罪してしまっている。おまけに、たびたび発行禁止になった様子も窺える。

「文芸思想講演会」でのエピソード

それにしても、どんな発言が弾圧の対象となったのか。すこし気になる向きに、おもしろい事例を紹介する。この『新興文学全集』刊行を祝す「文芸思想講演会」が、読売講堂で開催されたときの話である。数百人の来場者と四十名の築地署警官の前で、小堀甚二、平林たい子、葉山嘉樹、林房雄、蔵原惟人、金子洋文、藤森成吉の講演があった。うち、葉山と金子の二人が、臨監の警官によって続行中止を申しわたされている。当時どのような発言が官憲の弾圧を受けたかを知るによい資料なので、二、三の例を見よう。

　葉山の「思ふまゝを」という講演は、まことに中途半端なところで中止を命ぜられた。労働者や貧乏人が医者に診てもらえないで死んでゆくのに、「あらゆる名医に診られ二度迄輸血療法をやって到頭死んだ九条武子」のような恵まれた例があるのは、いったいどういうわけだ、と攻撃したあと、葉山は次のように話しつづけた。

「われわれは口を持ち耳を持つ。たとえ完全に腹の中の真実を語り得ず訴え得ない状態にあるにせよ、あらゆる機会を捕えて無産者の中に意志を伝えねばならぬ――」

　といったら、中止!!　である。九条武子の例が悪かったとしても、ちと命令が遅すぎるのではないか。

　これに比べると、金子洋文の講演「発展なき表現」は、ずっとわかりやすい。文学表現の問題を論じはじめ、シュニッツラーの作品を引いて、嫉妬の表現の例に「私の妻が、あなたの所へベールを忘れて行ったでせうね」という文があることを紹介する。つづけて、「かゝる表現は、ブルジョア文学の表現として従来ほめられていた。だが吾々プロレタリア作家はかゝる表現をしない。然らばいかなる表現をするか。『俺の嬶《かかあ》はまをとこをした』

――」

といったとたん、中止!! である。

金子の発言が公序良俗に反する、つまりワイセツだからである。エロ・グロ・ナンセンスを取り締まる視点からの「中止命令」だったと思える。

平林たい子の講演

平林たい子は『新興文学全集』刊行開始を祝うこの講演会においても、「リアリズムに就て」と題した講演を行なっている。おもしろいので、全文を掲載しておく。

プロレタリア文学が大流行でブルジョア作家までが旗印を変へ菊池寛も社会民衆党へ這入る世の中となりました。プロレタリア文学の陣営広がり小ブルジョア文学の最期迫る、である。

「前衛芸術家同盟や日本プロレタリア芸術連盟の一部にあるロマンチシズムの傾向を帯びた人々は常に彼と彼女とは結婚して芽出度し〳〵の作品を作つてゐますが現実は其の様にお芽出度く出来てはいません。

久板榮次郎さんの『海浜の家』では恋人が婦人運動に賛成しないとて之れを殺して解放

運動に門出し林房雄さんの『当世衣裳哲学』では俸給生活者同盟の婦人闘士が手管を用ゐて男を帝国ホテルに引つ張り込んだりします。そして之がプロレタリア文学だと云ひます。愕き入つた事です。資本家に肉迫する労働者の中にも裏切者があり中立を守る者がある。之が現実です。彼等の作品の様に労働者は全部意志強く正しい者許りではありませぬ。自然主義者の如く無理想、機械的唯物論でなく現実をあるが儘に認識して必然的に闘争心を起す、之がプロレタリア文学です」

活動家の巣窟

平凡社は今でもふしぎな、奥の深い出版社である。見世物やサーカスに熱中する一方、中世キリスト教哲学や日本史のハードな論述にも強い関心を抱く出版社である。まして下中弥三郎率いる昭和初期の平凡社は、その幅広さにおいて何人《なんぴと》の想像をも絶する奇跡的な会社だった。たとえばこの全集を編集した松本正雄の回想を見てみよう。

「平凡社はそのころ、神田駿河台の交差点に近い裏通りにあった。その建物は主として営業関係で占められ、私たちの編集部は、その社屋に近いシモタヤの二階の二間であった。本社の連中は、そこを『梁山泊』と呼んでいた。新聞記者あがりの滝口徳治は生粋のアナーキストで大酒のみであった。そして社長を『下中君』と呼んでいた。『下中のやつ、このごろすっかり資本家になり下がりゃあがった』などともいう。それに大逆事件で死刑になった古河力作の弟、古河三樹松もいた。（中略）この編集部にはまた、宮嶋資夫《すけお》、中西伊之助などもときどき雑談をしに立ち寄ったし、住井すゑの夫犬田卯《しげる》も農民運動の雑誌の仕事をするためにときどき姿を現わした。そして上田耕一郎、不破哲三兄弟の父親でもある上田庄三郎も、ここへやってくる常連のひとりであった」（『過去と記憶』昭和四十九年）

なるほど、これはまさしく社会主義者、無産主義者の巣窟である。この一文に登場する古河三樹松とは、筆者自身も平凡社内の図書室で遭遇した。といっても御本人ではない。古河さんは九十五年にわたる長寿を得、つい最近亡くなられているから、生身の御本人と対面できないわけではなかったが、筆者の遭遇した古河さんは、昭和四十五年刊の著書『見世物の歴史』を通してであった。このおもしろい本を読んでいたら、見開きに「元平凡社の社員なる古河三樹松贈る」とあり、人物に興味を惹かれたのだ。

古河は活発な活動家であったが、同時に大衆文学や大衆芸を愛し、多くの文章を残した。第二次大戦後は四ツ谷駅近くに新刊書店を開いてもいる。その古河三樹松にかかわりあった書物を一堂に集めた月の輪書林の古書目録『古河三樹松散歩』は、まさに圧巻であった。

プロレタリア文学とストリップと江戸川乱歩が隣りあわせた光景は、昭和初期の新興文化そのものの眺めであった。

どうも、平凡社はそういう会社であったらしい。古河自身、下中社長に関して「日本最初の教員組合啓明会を組織して右翼からアナキストまで幅広いつきあいを持ち、第一回メーデーの世話人さえしていたのである。こういう人だから、プロレタリア作家の宮嶋資夫や新居格とも親しかった」と述べている。

全集を巡る懸念

こういう猛者《もさ》が寄ってたかって創りあげた『新興文学全集』であるから、自社の悪口も含めて商業出版界への遠慮なぞ微塵もなかった。

事実、この全集は商業的に莫大な損害を版元に与えたし、官憲の弾圧も受けた。それでも下中社長は社員にしたいことをさせたのだが、編集にあたった松本正雄にいわせると、それでもかならずしも満足というわけではなかった。この企画は、身内からの批判が結構きつかったからである。

批判のポイントは、「作品選択の基準に明確な方針を欠いている」点にあった。辻恒彦の評を借りれば、

「だいいち『新興文学』なる概念が余りに漠然としている。出版社の方では『有らゆる』即ち色んな対立層を包含したプロレタリア大衆およびその支持者の中から多くの読者を期待したものであろう。然し無政府主義者からも、ブルジョア自由主義者からも、同様に歓迎され支持されるであろうと云うことを基礎に算盤を弾くことは、鋭い近代的商人の為さない所である」

という話になる。

たしかにそのとおりだろう。この「新興」という名称は、幅広い読者を獲得するために下中社長が提案したものとはいっても、実際、「プロレタリア文学」と限定的に使ってしまうと各派閥の抗争を呼ぶ心配もあったのである。プロレタリアの趣味や思潮は多様だし、そもそも古い作品を選んでプロレタリア運動が成立する以前にもプロレタリア文学に近い作品が存在したことをアピールしたかったのである。

で、松本も売れ行き不調はまったく自分らの企画が悪かったせいだと反省し、途中から「階級的意義ある」作品だけに絞り込もうとしたらしい。だが最初のラインナップを一新することも叶わず、ダイレクトな『プロレタリア文学全集』でなく、なんとも曖昧模糊とした『新興文学全集』なるタイトルで押し通すしかなくなってしまった。

全集が失敗した理由

プロレタリア文学を世界的かつ歴史的視野で編集するという百科全書的な発想は、いかにも平凡社的だが、しかしこの全集の失敗はどうも編集の勇み足だけに帰せられない。というのも、別冊付録の『新興文学』第一巻五号に、早々とプロレタリア文学の大全集をつくる危うさを指摘した文章が掲載されているからである。前田河広一郎は「パラドックス『新興文学』の中で、プロレタリア文学が運動として明確に自意識を獲得してからもはや十年近くになる」と書いた。もはや十年という表現は、文字どおりパラドックスなのである。正しくは、まだ十年と書くべきだった。土台、たった十年の歴史しかない文学ジャンルを、全二十四巻の全集にまとめるのは無謀に過ぎた。十年では名作や古典が淘汰されるには短すぎ、だいいち作品数自体も全二十四巻を支えるだけ揃うはずがなかったのである。

おそらく編集部は壮大な全集を企画したがゆえに、プロレタリア文学の未熟さに気づいてしまったのだろう。一般的な文芸の中から、プロレタリア趣味の作品を借りてこざるを得なくなって当然であった。

それにもう一つ、きわめて重大な政治的原因もあった。日本でプロレタリア文学運動が開始された大正初期は、資本主義への反抗という素朴な動機で結ばれ、団結力もあったのである。ところが運動の成熟とともに、まずコミュニズム派とアナーキズム派が対立分離し、つづいてマルクス主義や極左まであらゆる「左翼」的なものが分裂を開始した。昭和初期には「芸術の名において労働者を目覚めさせる」ことをめざしたアーティストよりも、「政治の力によって労働者から文学者をも動員する」という運動戦術派が有利になった。つまり、運動各派閥の思惑により文学がオモチャにされる時代にはいったのである。当然、プロレタリア文学を一般的意味において集大成したくとも、「普遍的に認められる」名作や古典を選出することは、政治的にできなくなる。

平凡社の『新興文学全集』は、この時代風潮を読みそこなったといえる。

プロレタリア文学運動の派閥争い

今となってはよく分からない部分もあるが、いちおう当時の人脈図というか、主義主張を異にするグループ同士の関係図というものを、簡単におさらいしておこう。

ロシア革命の成功によって勢いをつけたプロレタリア文学が、社会的運動体を形成して各自の路線を突きすすみはじめたのは、だいたい大正の終わりごろ、つまり関東大震災の前後といってよい。大正十二年（一九二三）の大震災において最もショッキングだった事件は、アナーキストだけでなく社会的運動に心を寄せる多くの人々に人気のあった大杉栄と伊藤野枝が虐殺されたことであった。いわば社会主義文学を束ねていたといっていい大杉が倒れたことで、アナーキスト・グループとボルシェヴィキ（共産党）グループとが分裂することとなった。

まず最初に組織だった動きを示したのが、雑誌『種蒔く人』を一九二一年に創刊した小牧近江《おうみ》らインテリ青年グループであった。秋田からの勃興であった。かれらはロシア革命、コミンテルン運動に連動し、日本にも「進歩的な革命運動」を根づかせるべく結集し、佐々木孝丸、平林初之輔、青野季吉など外国の新興文学に詳しい文化人が活動を開始した。かれらは明確に、ロシア革命のような社会革命を望み、革命文学の樹立をめざした。

しかし「革命文学」ではあまりに刺激的にすぎ、官憲にも狙われたので、「プロレタリア文学」という呼称を用いることにした。しかし、単に貧しい人々の訴えを文学化するというのでなく、階級闘争の先導役となる方向を明確にした上での命名である。ところが『種蒔く人』は、関東大震災のどさくさに捲きこまれて挫折、ようやく二十四年に『文芸戦線』として再刊された。東京ベースの運動機関誌に成長していき、いわばプロレタリア文学の総合雑誌となった『文芸戦線』には、『種蒔く人』以来の青野季吉、金子洋文、前田河広一郎、平林初之輔らが同人参加し、次いで一九二五年からプロレタリア文学界きっての手だれといえる葉山嘉樹、それに黒島伝治や林房雄、さらに平林たい子らも登場した。プロレタリア文学者は「日本プロレタリア文芸連盟」を創立し、統一組織を立ち上げた。けれども、昭和の初めになるとアナーキスト、ボルシェヴィキ（マルクス＝レーニン主義）、それに社会民主主義者といった路線の異なる人々のあいだで「内紛」が起こる。一九二七年（昭和二年）、日本プロレタリア文芸連盟は第二回大会でマルクス主義を中心として再組織される方向がうちだされ、アナーキストたちが排除された。そして名称も「日本プロレタリア芸術連盟」へと変えられた。一九六〇年代全共闘運動のときの内ゲバ騒ぎと同じであり、当時「テロル」といわれたくらいに暴力的な抗争もあった。

さらにボルシェヴィキのグループも福本イズムか否かに分かれ、非福本イズムのグループ、すなわち「労農派」は「日本プロレタリア芸術連盟」から脱退した。さらに、農業を主体に共同体づくりをめざすマルクス＝レーニン主義を奉じる一団は、山川均や堺利彦、青野季吉の主張を軸にして「労農派」に参加した。戦後のわれわれに分かりやすい区分けでいえば、「社会党」やその他もろもろの無産者党を合わせたグループとなり、ここに「労農芸術家連盟」というものが設立された。青野はじめ前田河や葉山、平林たい子らが加わり、『文芸戦線』を継承したが、一説に、『文藝春秋』という総合雑誌は、この『文芸戦線』に対抗すべくその名を借りて創刊された雑誌であったという。

　これに対し、さらにはっきりと共産党単独による革命をうちだし、政治闘争、理論闘争を展開しようとした過激派がいた。蔵原惟人である。かれは、中野重治らと手を組んで一派を形成した。これが「全日本無産者芸術連盟」（のち全日本無産者芸術団体協議会と改称）であり、通称「ナップ」と呼ばれる。非合法だった共産党とともに文学運動を繰りひろげたため、官憲の弾圧が激しく、このメンバーだった小林多喜二も拷問を受けて死亡している。機関誌は『戦旗』といったが、前述した労農派グループとの衝突が激しく、流血騒ぎも多かった。

　一方、排除されたアナーキスト・グループは「日本無産派文芸連盟」を旗上げした。また、すでに大正八年から『解放』という同人誌を出し、活動していた、石川達三、赤松克麿、宮崎竜介らの動向も注目された。ちなみに、大陸浪人の代表といわれる宮崎滔天《とうてん》の息子だった宮崎竜介は、福岡の炭鉱王に嫁した柳原白蓮と恋仲になった人物でもある。

　一九二〇年代末になると、組織と理論ならびに行動力にすぐれた「ナップ」が他を圧倒するようになり、藤森成吉、江口渙《きよし》、宮本百合子らを加えて大勢力となっていった。

　しかし一九三〇年代にはいり、日本が日中戦争に突入すると、共産党的活動は全面的に弾圧され、大東亜戦争中にほぼ息の根を止められた。『新興文学全集』は、まさにこの直前に刊行されたことになる。

『坑夫』の虚無主義

これだけ派閥が生じた時代に刊行されたとなると、わたしたちとしても実際の収録作が気になってくる。編集部はどういう作品を一般読者に読ませようとしたのか。全集第三巻、第四巻の中軸を占めた新興作家、宮嶋資夫と前田河広一郎の場合を検証してみたい。

当時は二人とも文壇にデビューしてせいぜい十年ほどの若手であった。一般の人にはあまり知られていない作家だった。半分素人とさえ考えられるかれらプロレタリア作家に、二巻の主軸を分担させねばならなかったところにも、今から眺めれば十分な敗因はあった。

まずアナーキズム系と目される宮嶋の出世作『坑夫』である。これは典型的な無軌道自滅小説といってよい。今ならばヤクザか暴走族の話だが、この時代は飯場づきの労働者の役どころであった。

主人公石井金次は渡り鳥の坑夫である。どこへ行っても「つまらない」。喧嘩は絶えることもなく、他人の女房にも手を出す。駆け落ちをもちかけた女に裏切られて以来、荒《すさ》み方もまったくひどくなる。人の命が虫ケラのように潰されている炭坑では、石井の心が荒むのも当然だったかもしれない。やがて同僚を殺しそこない、周囲の厄介者になっていく。

石井の最期はまことに愚かしかった。どうということもない理由で刃傷沙汰となり、まわりの仲間に袋叩きに遭い死亡する。虚しい死というほかはない。

おもしろいことに、それこそプロレタリア文学が成熟した時代に書かれた『蟹工船』のような、無駄死にだが社会的な死といえる状況を、この小説は描いているわけではない。むしろ、個人の身勝手な死だ。その意味でいえば愉快さというか爽快さを残す作品である。マゾヒズムの喜びではなく、世捨ての喜びだ。今日のヤクザ映画とまったく同じ役割を果たす。つまり、反社会的であるということは、個人にとって愉快なことなのである。

『坑夫』は風俗壊乱という理由で発禁になった。そう、この小説は左翼的思想性というよりは反良俗の立場から読まれるべきだったのである。警視庁の判断はその意味で正しいが、むろん警視庁のやり方を褒めているのではない。とにかくここに、初期プロレタリア文学に存在した虚無主義がある。ビートたけしの暴力アナーキズム映画に通じる作品がある。ただ、主人公が労働者である点だけが、当時の〈新興〉を支える意義であった。ヤクザが私的であるのに対し、労働者はパブリックな存在なのである。

『牛さんの職業』を読む

つづいて、宮嶋と知己の関係にあったコミュニズム系の前田河広一郎を読んでみよう。

この人には『牛さんの職業』という奇妙な小品がある。田舎育ちのせいで都会へ出ても一向に梲《うだつ》のあがらぬ牛窪という男がいた。どこへ仕事に行っても三日と保《も》たない。そのうちに、下宿の前にできた葬儀社のビルをみつめながら、牛さんは「最近は死のことばかり考えます。死ぬときは人間はきれいなものでしょうな」とつぶやくようになる。

このままでは陰気になって首吊りでもされかねない。友人たちが心配するのだが、ある日牛さんはニコニコしながら、いった。それも、すっかり元気になって——。

「わしもいよいよ恰好な仕事をみつけましたよ。夜業ですが」

友人たちは、どうせ三日も保たないよ、と話していたが、予想に反して一カ月経っても馘にならない。よほど牛さんに合った仕事のようだったが、秘密にされて仕事のことは誰にも分からなかった。

そんなある日、市《まち》に流感が流行し、家主の細君がこれにやられて死亡してしまった。死体を棺に納めるべく、前の葬儀社に依頼したが、死体はなかなか帰ってこない。業を煮やして行ってみると、流感で死んだ人が殺到しているため、棺に納めるのがおくれるとの返事であった。

友人たちは、浄めを終えたかどうか確認するため、死体置場へ下った。しかしそこには、裸の死女を懸命に洗い浄めている牛さんの姿があった。

「おい、おい、牛さん、お前はこんな所に働いているのか？」

この作品は下手をすると江戸川乱歩のエピゴーネンと受けとられかねない、グロテスク趣味に満ちている。牛さんは、前段で「死女の裸はきれいでしょうね」と発言しているから、死体洗いの仕事について何を体験したかは想像できる。死姦に近い異常な世界といってもいい。

ところが、前田河はそうした乱歩的な変態性愛に関心を示さず、それを「異常な職場」の風景にしてしまう。つまりパブリックな問題として倫理的な議論の場へ上げてしまうのである。牛さんが置かれた異常な状況は、個人の内面に向かえばいわゆる変態小説となるが、職場の環境問題へとフィードバックされれば、純粋なプロレタリア文学となる。

「公共的」な文学のつまらなさ

ある意味からすれば、プロレタリア文学とは「公共的な変態小説」「公共的なポルノ小説」「公共的なホラー小説」のことでもある。公共とは、人前でも展示し得るようにモザイクを入れたもの――処置済みの有毒物件、という意味に受け取ってもらってよい。

最後に、『坑夫』も『牛さんの職業』も、坪内逍遥以来の「おもしろすぎること」を排斥する文学の伝統を意識している事情に触れよう。現代的な目で読むと、この二作は逍遥を辟易《へきえき》させるに足るような、羽目を外した世俗的「おもしろさ」を狙っていない。なぜ、つまらないストーリーであるかといえば、作家が作品の操縦権を放棄しているからである。作家が好きなように物語の方向を変えるのではなく、自然の理だの宇宙の原理だのがごく自然に「王道」を選んで、論理的に批判を封じ込めるからである。逆に、話がおもしろすぎるのは、作者がどこまでも知的にストーリーをコントロールできていることの証拠である。

『坑夫』でいえば、石井が無軌道に突きすすんだあげく、バカバカしい死をとげるまでの筋立てが、操縦権放棄の好例といえる。実は、この作品はもっと無常で残虐にすることもできたし、石井を殺されても殺されても生き返らせるようにもできた。しかし、作家は石井を救っていない。

一方、『牛さんの職業』も、牛さんに死体洗いの仕事を心ゆくまで楽しませない点において、この作品は公共的である。牛さんは私的好みからでなく、食うための仕事として、この奇怪な作業を行なうだけだからである。階級闘争の視点からいえば、こうした仕事は侮辱以外の何ものでもなく、仕事をつづければつづけるほど心の深淵がひろがって、闘争や解放といった問題にも目を落とさなくなる。当然、話はどんどん退屈になる。

ともあれ、前田河は異常事態をここで停止させる。かれは極左の文学者ではないから、牛さんを労働運動に目覚めさせたりはしない。むしろ政治でなく文学によって労働者を救おうと考えた側の人であったせいだろう。

前田河は、望ましいプロレタリア文学を「普通選挙」のようなものと説明した。公共的《パブリック》な、開かれた文学のことでもある。異質な心理をもつ人間だけに奉仕するマニアックなプロレタリア文学からの乖離《かいり》が、そこに認められる。

第十四章　ある失敗企画を追って（中）——恋するプロレタリアートの非

全集のハイライトは？

平凡社版『新興文学全集』第三巻は、昭和初期にあってプロレタリア文学の巨星ともいうべき存在であった宮嶋資夫と江口渙の作品を収めている。この全集いちばんの読ませどころを形成するといってよい。

そもそもこの全集は、プロレタリア文学運動の〈特権的〉見解、つまり正統アカデミズムの意見に沿った巻立てになっている。まず第一巻に小川未明、秋田雨雀、中村吉蔵の三人、第二巻に中西伊之助、藤森成吉を配している。第一巻の三人は、いわばプロレタリア文壇創立の功労者である。日本最初のプロレタリア文学誌といわれる『種蒔く人』が〈認定〉した既成文壇内の先駆者であるから、第一巻の顔ぶれとしては一般性もあり、まことに妥当といえる。ただし三人とも大杉栄につながる早稲田系であり、すでに反「種蒔く人」派からの反発を買ってはいた。

つづいて、『何が彼女をさうさせたか』の藤森成吉は、文学者サイドにおける社会主義運動の頭目であったから、第二巻を占めること、これまた妥当な線であるが、このあとに宮嶋と江口を配置したところにこの全集の姿勢が見える。エネルギッシュな前田河でも宮地嘉六でもなかったのだ。

第三巻の二人は、プロ文の二大勢力のうち双方から出た代表選手なのである。一方は労働派、他方は思想エリートという具合に。まず宮嶋資夫だが、多くの職を転々とし放浪を繰り返した人である。この全集が全巻刊行される頃には禅門にはいり、のち浄土真宗に帰依しているから、その精神的放浪性はプロレタリア文学でも癒されなかったのだろう。しかし大杉栄ほか早稲田系との関係はふかい。

一方、江口渙は東大英文科に入学し、後藤末雄とともに『帝国文学』編集にたずさわった。短歌雑誌『スバル』に知己を有し、処女作は同誌に発表した。かれの背後には既成文壇と運動主体とを問わず有力な友人が揃っている。

だが、この二人は人脈だけによって第三巻を占めることに成功したわけではない。経歴からも分かるとおり、作品がきわめて多彩なのだ。いい換えれば、プロレタリア文学といわなくとも、十分に通用する作家的資質を具えている。宮嶋は前章で紹介した『坑夫』のような労働小説で世に出たが、大阪の実業家の悪徳を描く『黄金曼荼羅』、測量機械の眼鏡で男女の睦み事を覗く発端からして猟奇的な、色模様の物語『山の鍛冶屋』、そして安全弁を圧《おさ》えて機関を爆発させようとする男の気持ちを描いたややシュールな『安全弁』など、どれも奇妙で破壊的なテーマを扱っている。決して「労働」だけの作家ではなく、破滅的享楽の地獄をも理解している。

その中で、恋愛を正面から描いた『仮想者の恋』という作品が目を引く。著者いわく、「恋愛に関して書いたのはこれが初めて」だとするなら、一読する価値はあるだろう。

『仮想者の恋』の恋愛論

物語は、ぐうたらな男、角野が女房に逃げられるところから始まる。女房は子を残して、別の男の懐へ飛びこんでいった。家庭崩壊ではあるが、角野は恋にのびのびとした気分にもなる——「ぐうたらに生まれた人間が、ぐうたらに生きると云う事位、自然な事はない筈だ」

だがこの男は、ぐうたらといいつつも、原稿も書けば演説もする、一種の文化人である。その角野が、ある日、一人の女に夢中になる。つねに性欲の対象としてしか見なかった異性に、別の感情を抱くようになる。ぐうたらには似合わない「恋愛」の熱き感情の創出である。比叡山の宿院で出会ったその女は、こんな風貌の女であった——「全く彼女の顔には聡明と憂愁と淫猥との混乱があったのだ。繊細な感じを欠く山犬には、恐らくそれが牝豚と狐の相の子として映じたのだろう」

おまけに彼女は、いつも海水帽を被っている。白い靴下をはいている。角野はそんな奇妙な女に身の上話をあっけらかんと打ちあける気になり、次いで彼女の過去の恋愛について聞こうとする。すると彼女は、「イヒカンニヒト」とドイツ語で答え、あははと笑いながら別の部屋へと逃げていく。それで彼女を「イヒカン」と呼ぶようになった。

なんともコケティッシュで、才気ばしった、蠱惑的な女である。描写もきわめて色っぽい。当然、三十五歳の角野は、心ならずもこの女に惚れてしまう。まさにインテリ好みの自由な女である。

かくてこの男は、彼女の一挙手一投足を気にかけるようになる。社会主義者仲間が彼女の部屋へ行く足音を聞けば、夜中にもかかわらず廊下に出て、彼女の悲鳴とともに中へ踏みこむ決意で待ちつづける。なにしろ叡山の宿院であるから、好色な坊主もいて彼女の手を握ったりする。それだけでかれは嫉妬に燃えるというありさまになる。まさに、かわいらしい純情男に逆戻りしてしまうのだ。

しかし、かれにも宿院を去る日が来た。男たちの人気者である彼女と別れねばならない。婆さんをともなって最後に彼女と散歩に出た角野は、ふとしたことで握った彼女の手のやわらかさに、思い詰めた激情を爆発させてしまう。いつものように海水帽を被り、白い靴下をはいた奇妙な女を掻き抱くと、「その唇に燃えるような俺の心を押しあてた。忘れ難い無茶な奇怪な歓喜の境地だ」

思想も哲学も、ぐうたらも見栄も吹っ飛んだ。角野は生命の愉楽を味わい、「目的もなく不安もない」新たな境地へと辿りついた。

これで物語は終わる。小説としては佳品だが、どう見てもプロレタリア文学のめざす直接的な教育効果は発見できない。しかし、名作とされるプロレタリア文学には、むしろ運動にとって反面教師となるくらいの徹底的な「敗北」や「堕落」や「悲惨」が描かれているケースが、案外と多いのである。その点からしても、この作品は一般文学として読むに堪える。しかも、この意欲作に対して著者の宮嶋自身は次のように書いている。

「世上万般に何の価値をも認めないと云うニヒリストも、実際に恋愛に燃焼した時、彼は性欲以外のあるものを認めざるを得なくなってくる。人生に対する光を求め希望を欲する心、それを嘲笑する、ニヒリストも、恋愛に燃焼すれば自らアイデアリストたらざるを得なくなる」

——まさしく本道の文学が説くような恋愛論である。この奇怪な海水帽の女との恋愛が

「ぐうたらの自由気まま」を通じて達成されるという事実をも、宮嶋は知っていた。だから、もしも宮嶋が角野のライフスタイルをプロレタリア諸君に推奨したのだとすれば、この作品は途方もない問題作すなわち〈前衛〉となり得、また現実にプロレタリア運動をおもしろく色っぽいものにしたはずである。ただし、現実の社会主義やプロレタリアの運動も実は多くの色っぽい男女関係に満ちあふれた、真の意味でブルジョア文学的なものだったことも、老婆心ながら指摘しておこう。

『恋と牢獄』の「おもしろすぎる罪」

奇妙といえば、第三巻のライヴァルとなった江口渙も、負けじと恋愛小説を収録していることである。題して『恋と牢獄』。この長編に関し、江口は次のように執筆動機を説明している。

第一に、いわゆる一本調子な芸術小説の単調さを排し、第二に、社会主義運動の一部にあらわれた善悪、美醜などに厳正なる検討を加え、第三に、自分がまだ書いたことのなかった恋愛に挑戦したい、そんな三つの要求から書いたものなのである。江口もまた恋愛小説初体験であった！

物語は、若い社会主義者たちの活動から始まる。大学生の男女が一つ部屋に雑魚寝し、デカダンな生活ぶりを垣間見せる。さて、主人公の松井は、新聞社を追われ、秘密結社の広報活動に従事している。印刷を引き受けてくれる店を探しあぐねて、ふと、数か月音信不通にしていた恋人の昌代を訪ねる気になった。彼女は新聞社時代の同僚だが、連座して辞めさせられたという。

その日、下宿を訪れてみると彼女は留守だった。松井は帰りを待つつもりで部屋に入れてもらう。乱雑になった暮らしぶりから、彼女にも大きな変化が訪れたことを気づかされる。「……柳行李が蓋をとつたまゝ引つくり返へしたやうに放り出してあつた。見覚えのあるメリンスの帯だの襦袢だの赤い細紐などが色の褪せたメリンス友染の座蒲団の上に、脱いだまゝの形でもつて散らかしてあつた。そしてそれ等の凡てから醸されるものか、若い女の肌の匂が心のときめきを唆かすかのやうに、ほのかになまめかしく部屋の空気を充たしていた」

——どうやらプロレタリア文学の一部には、あきらかに谷崎潤一郎張りのエロティシズム嗜好が存在していたようである。ひょっとすると、当時の読者はエロスの方面でも一段と過激な描写をプロレタリア文学に期待したのかもしれない。

それはさておき、話をストーリーの追跡に戻そう。松井はここで、帰ってきた昌代が、質屋通いまでしている窮状を知らされる。聞けば、松井が退社したあと副部長が昌代をセクハラの対象とし、図々しく下宿にまで押しかけるようになったという。上司のセクハラを撥ねつけた結果、彼女も退社に追いこまれた。

それまでの二人は純愛だった。松井が昌代の下宿に泊ることもなかった。しかし上司が執拗に彼女の下宿に押しかける様子を見て、二人でそこを逃げることにしたその夜、松井は初めて彼女の下宿に泊った。

「昌代も矢張同じだった。『もう自分は処女ではないのだ』そう思うとたったその一と事だけで、もう凡ての人々から顔を隠したいような気持がした。太陽が頭上へ、明るい光を投げる事が、そして、自分の顔が体が万人の眼に曝されている事が、唯、それだけで堪らない程に憚られた」

なんともムズがゆくなるような、まぶしい光景である。だが、引っ越した二人に警察の手が伸びてくる。松井は思想犯として入獄させられる不安におびえ、昌代も独りになる恐怖に震える。二人は上海へ逃げることまで考えるが、ついに運命のときが来る。一度だけ、かれは刑事二人の尋問を振り切って逃げたことがあった。それで正式に罪人となり、例の上司の密告により、警察に踏みこまれる結果を招いた。刑事はいやらしい声でいう。

「成程ね。好い女を手に入れたもんだな。君も、一寸見はおとなしそうな顔をしているが、案外、隅へ置けないね。（中略）いや、美人だって評判は前から聞いていたけどね。成程美人だ。こんな美人をいろ女に持ってちゃ、遁げたくなるのも尤だ。同情するよ」

巧みな尋問である。女のために逃げたといわれては男の名折れだ。「情婦の下宿に潜伏中、情婦もろとも逮捕さる」といった悪意の記事を新聞社に出させるつもりなのだろう。

「こうなったのも、凡て自分の責任である。若しも二人の間をあの時自分がこんな境涯に引き落さなかったら、昌代は依然として純潔な処女であったばかりでなく、こんな屈辱と迫害をうけずに済んだ上に恥を明日の新聞にまで曝さないでも好かったろうに」

物語は二人が電車で連行されるところで終わる。ここまで行けば、よくできた心理小説といってもよい。そして運動的意義からいえば、社会主義運動家は「かたぎの娘さん」と恋に落ちてはいけない、と善意の警告を発している小説である。だが、読む側はそうは考えないだろう。清らかな悲恋と思う人もいれば、文字どおり堕落小説と受け取る人もいるはずだ。宮嶋資夫の恋愛は不良のそれであったが、江口の場合は純情の恋愛である分だけ始末に悪い。どこかに『スバル』や永井荷風の香りがあり、プロレタリア文学とは関係のない女学生あたりにも紅涙を絞らせかねないからである。また、これこそが「おもしろすぎる罪」の本質なのである。政治的目標よりも情感が勝ってしまう。

事実、江口は若い頃に「甘い小説《ロマンス》」を書いた経歴がある。ジメジメ、うじうじした人情は、鉄のプロレタリア運動の従来軽視してきたところであった。だが、大正十四年にこの

『恋と牢獄』がロシア語に訳されたとき、ロシア人も逆に驚異の目をみはったという。日本人がこういうロマンティックな恋愛感情をもつ高級なプロレタリア国民であったとは、予想もしていなかったらしいのである。

文学であるがゆえの失敗

ともあれ、プロレタリア文学の全集化をもくろんだ企画の中核に、はからずも二つの純〈恋愛小説〉――一方は都会派デカダン、もう一方はジメジメのロマンス――が据えられたことは注目に値する。名作はつねに反面教師だという皮肉が、みごとに利いている。というのも、一般の名作文学や問題作が「健全ぶる社会」に対して及ぼす反社会的影響を、そのままプロレタリア運動にも実現させた選択であるからだ。プロレタリア文学の星が、やがて禅門にはいる人物であったり、あるいは離婚を経験し家庭問題に悩む『スバル』出身の作家であったりしたとき、かれらの行き着く先は、運動全体のめざすそれとは微妙に乖離したものにならざるを得なかったのだろう。『新興文学全集』の党派政策的失敗は、むしろそれが〈文学〉であったための必然がもたらした結果といえた。善意に選ぶかぎり、プロレタリア文学もまた一般文学と変わらないラインナップになっていくのである。

全集第三巻には、さらに江口の奇作『ある日の鬼ヶ島』も掲載されている。この作品は日本の侵略主義、資本家の掠奪主義に怒った江口が、その不当さを告発すべく著した「童話」である。

鬼たちが楽しく暮らしていた鬼ヶ島に、とつぜん人間界から桃太郎が攻めてきた。桃太郎は木のかげに隠れ、犬をけしかけて鬼を降参させ、金銀財宝を奪う。そのとき強い鬼たちは山上で祭（オリンピックゲームのごとき体育祭である！）を行なっており、村には老人と子どもの鬼しかいなかったのだ。

しかし桃太郎は人間界に凱旋し、「自分が鬼を退治した」とウソをつきまくって大評判をかち得た。その話を聞いた鬼がいう――、「そんなウソのまかり通る人間界にくらべたら、鬼ヶ島のほうがどれほどいいだろうねえ」

むろん、バカ話にすぎない。しかし、このような作品を大きく取りあげた『新興文学全集』が、「おもしろすぎる罪」をまたも犯したのは、まさしく当然の帰結といえた。

第十五章　ある失敗企画を追って（下）——海外からの刺激

海外作品の意外なおもしろさ

平凡社版『新興文学全集』は昭和三年に予約出版として刊行が始まった。初版は八千部だったと伝えられるが、売れなかったことは前記したとおりである。

売れなかったが、しかし奇妙な活路はひらかれた。海外の翻訳物プロレタリア文学が、日本国内の派閥抗争の間隙を縫って、予想外に多くの読者を集めたのである。

平凡社社長下中弥三郎が、編集担当の松本正雄に対し、

「松本君、僕はプロレタリアを謳っては狭くなると思うんだ。新興文学はどうかね」

と提案したエピソードは、すでに紹介した。そのとき下中は、この全集に石川啄木まで収録する案をもっていたから、むしろプロレタリア文学界内のゴタゴタを叱正する気分すらあったのだろう。

しかし、日本人作家の範囲を広く採るとしても次の問題は海外作品の絞り込みであった。

全集の顧問として下中が意見を仰いだのは、吉江喬松、新居格、青野季吉、平林初之輔らであったが、このうち海外作品について積極的に発言したのは新居であった。エルンスト・トラーの『どっこい生きてゐる』を筆頭に、アンダースンの『ウインスワーク・オハイオ』やシンクレアの作品を推してきた。だが、多くの推薦作品は海外にあってさえ文字どおりの「新興文学」であり、左翼読書界での評判を判断基準としたために、原著者の経歴すら定かでない場合が多かった。したがって編集部内でも、どのような作品が訳出されるのか見当がつかない。海外の評判を頼りにエイヤッとばかり選びあげてみると、意外や意外、とんでもなく前衛的な文芸や奇作も交じり、これが全集にふしぎなおもしろさを与えた。

ドイツの世紀末SF

当時の月報には編集者による次のような記事が載っている。

「新興文学全集は他全集と違って、その外国の部は殆んど新訳であるため編集から言っても、大てい極く新しいもののみであるから註釈の様なものは無論ないし、辞書にない様な言葉も多い訳で、非常なお骨折である。

（中略）著者の伝記の様なものを、各巻につけることも考えたが、外国の部は極く新しい人のものが多いため、未だ詳細に紹介されていないのがある」

——という次第で、第一回配本「中西伊之助・藤森成吉」集のあとを受けて配本された「独逸篇①」は海外編の先陣として目新しいラインナップを揃えることになった。

収録された九編のうち、ハウプトマンのような大家は例外で、ほとんどは文壇に知られぬ新興作家たちである。ただし注目すべきは、ここに選ばれた作品のほとんどが戯曲の形式をとっていた点だろう。プロレタリア演劇運動を通じて日本にも多少は紹介されていた作品が、選ばれたことだろう。小説プロパーでなく戯曲が揃えられたというところにも苦心がある。しかし、このうち編集部がとくに自信をもって呈示した作品は敢えて小説の形式をとった奇怪な作品である。ベッヘルの『銀行家が戦場を馳駆する』といい、一種のデカダン文芸、世紀末ＳＦなのである。であるが、紹介文にいわく「……着想の妙、その筆致の奔放自在なる、類例の少ない作品である」

この物語の主人公はアメリカの銀行家ブランティング氏という。折しもニューヨーク港を出発する「浮かべるお伽の城」こと巨大タービン船コロンビア号の船内にあって、この船の設備をつぶさに見学するところである。

……食堂には、葡萄の房のやうに垂れさがった吊電灯《アンペル》と念入りに出来た透明の光の流れ出る硝子《ガラス》の柱があって、夢の洞窟に似てゐた。尚《な》ほその上、両側にある長方形の窓硝子は、外側から強烈な光を取入れ深海を照らすようになっていたので、航海中食事をしながら、水族館にでも居るように、海草や魚類が自分の傍を通り過ぎるのを見ることが出来た。喫煙室および玉突場は、この『夢の洞穴』の隣りにあった。それから閲覧室と図書館もあるが、この図書館の如きは、その索引を一瞥しただけでも充分普通の程度の図書館の持っているぐらいの多くのそして貴重な書籍を備付けていた。

銀行家ブランティング氏は、この巨船のすばらしい設備に隠された船底にある〈地獄〉へも案内される。そこには多くの火夫がおり、熱風の中で石炭を炉にくべている。この〈地獄〉は、他の船室からは「自動的に閉じる重い鉄扉によって隔てられてゐる。もしも何ごとか起これば、その隔壁が下ろされる。たとえば水漏れや絶望した火夫の暴動が起こると、隔壁は下ろされ、水が満たされる。つまり、火夫は殺される運命にある。たとえ火夫の暴動が発生しても、その抵抗は三分間以上はつづかない」ように設置されている。

船内では歓楽の限りが尽くされる。天才ピアニストの演奏、そして処刑の光景を写した映画上映、さらに古代ローマの饗宴を思わせる奇怪な仮面舞踏会——この舞踏会では、まだ少年の見習い船乗りを傷《いた》めつけ嘔吐させ、その汚物を舐めさせて大笑いするという、呪わしい乱痴気騒ぎが演じられる。

船内のこうした残虐な愉悦とはうらはらに、船底の地獄では火夫たちが黙々と火をくべ、巨大タービン船を駆動させつづけている――。

書き忘れたが、銀行家はスイスへ高地療養に出かけるついでに、欧州を見物しようという目的をもっていた。かれはパリにわたり、第一次大戦で瓦礫と化した市街の上に建てられた「世界大戦ホテル」に泊り、観光地と化した戦場を遊覧する。

戦場を遊覧できるのは、銀行家のような「戦争を商売のタネにする」人種である。一方、労働者や農民にとっては、戦場は自分たちの生活の場にほかならない。現に、かれらが見物して楽しむ観光地とは、踏みにじられ地雷の残る農地や、破壊された市街地の工場あとなのだ。おまけに「戦争利用株式会社」は、戦場観光が儲からなくなったら、戦地をふたたび農民に買い戻させる計画すら巡らしていた！

なんというアヴァンギャルドな展開であろうか。この戦場遊覧には二コースあって、一つは単なる見物、そしてもう一つは「塹壕の中にはいっていく」体験型である。

このツアーに参加した新婚旅行中のドイツ人カップルたちが、次のような会話を楽しんでいる。

「妾《わたし》記念品を持っていきたいわ。神聖な遺骨を、ね、それを持っていると福が授かるのよ」

「心配しないでいゝよ……子供には鋼鉄ヘルメット帽をやろう」

かれらは、「戦場で物品ひろうべからず」とある掲示板を無視して、記念品を拾いあさる。

また、ツアー客は塹壕で、取っておきのアトラクションを楽しむ。名物「攻撃香水」を嗅ぐことだ。それは糞水《ふんすい》と焼いた肉とを交ぜたような臭いである。

「さてこの軽い腐敗臭気は、あすこの机の上に刺し通されたり此処の針金の間に引懸ってぶら〱している黒味を帯びた塊の何であるかを容易に物語るでありましょう。あれは人間ですよ、兵士の屍体です」

――読んでいるうちに、悪意ある残酷ロマンに接したような嘔吐感が湧いてくる作品だと気づかされる。銀行家や他のブルジョア遊覧者たちがこうした呪われた愉悦に血道をあげるのは、なぜなのか、そこに焦点を絞りつつあるからである。作者ベッヘルは、「破滅にまで至る陶酔」を味わうために、何もかも滅ぼしてよい、と書く。陶酔は、最初は満足や幸福と同義である。しかし度を越せば、血の陶酔、死の憧れ、地獄への滑落をもたらす。

資本家の幸福追求とは、つまりコロンビア号船内の乱痴気騒ぎや、戦場ツアーと同じものなのである。かれらは結局、ぜいたくに死にたがっているだけなのだ。

そういえば、あの船内でも火夫たちはつねに自問自答していた。

「もしもわれわれが船を動かすのをやめたら、船は沈み……すべては終わる」

と。おそらく労働者はブルジョアたちのそうした自殺衝動に気づいているのだろう。それだけにかれらの沈黙はおそろしい。

かくて戦場ツアーの人々は、鼠が出没する砂利掘坑をキャーキャーいいながら通り、地雷や毒ガスが残るあたりをドキドキしながら横断してゆく。

物語の結末は、二つの夢によってくくられる。第一の夢は、銀行家ブランティングが見たものである。夢の中で銀行家は神となり、血の陶酔に狂い、世の中が日に日によくなって生きることがおもしろくなるのを実感する。

しかし、もう一つの夢は農地を失ったフランスの貧しい農民ジャック・リヨーの見た夢だった。かれは「世界大戦ホテル」の近くに住んでいる。

かれが見た夢は、戦場の上を飛ぶ機械のそれであった。「骨片を接ぎ合しそして人間の皮膚と全く同じ布を張った一つの機械」には、小さくて陰気な小男が乗っていた。燕尾服を着て絹帽子《シルクハット》を被り、親切そうに四方八方へ挨拶のしるしにうなずいている小男だった。

この男は地元の銀行家に生き写しである。

この小男が行くところ、涙の雨が降り、地獄の火が燃えあがる――。

悪夢から目覚めたジャックは、妻に向かってこう叫ぶ。

「マリー……お前まだ見えないのかい、戦場を乗り回している男が⁉　銀行家が戦場を馳《ち》驅《く》してるんだ！」

――翻訳は読みにくいが、きわめて神秘的、幻想的、それでいてなまぐさい描写にあふれた作品である。日本人作家による作品よりも、さらに政治的であり、しかもデカダン趣味に色濃く染まっている。いい換えれば、テーマはプロレタリア文学でありながら、表現はブルジョア文学そのものであると断言してもいいほど世紀末じみた興味にあふれている。

筆者はこの作品のドイツ語原文を知らないから、はたして原文に、次のようなプロレタリア文学的なプロパガンダ文章が実在しているのかどうか詳らかにしない。しかし、

「ばか！　ばか！　ばか！　警報《アラーム》！　警報《アラーム》！　警鐘を打ち鳴らすんだ！　銀行家が戦場を馳驅する――（中略）こゝに今まで抑圧されてゐた民衆は首を挙げ弾条《ばね》のようにその脊柱をぴんと伸ばすのだ」

といったラストの熱狂は、どうもとってつけたような日本語の創作のようにも思える。

原作はもっと皮肉っぽい悪意に満ちていたのではないだろうか。

人気を博した海外作品

ともあれ、このような海外作品は、珍らしさも手伝って、人気を得た。日本国内のドロドロした主導権あらそいとは関係をもたなかったおかげで、胸を張って「プロレタリア文学」を謳うことができたらしい。しかも海外作品であるから、日本の事情にあわせて原文をある程度アレンジすることもできる。まことにプロパガンダとして使用しやすい作品群であった。その証拠が、一つある。まだ『新興文学全集』本体が刊行を完結していない昭和五年三月段階で、平凡社は新たに『世界プロレタリア傑作選集』と銘打った十二巻の選集を刊行していることである。こんどは予約出版にせず、全巻一挙刊行（!）、しかも一冊三十銭という安値で刊行、たちまち十刷りを重ねることに成功した。

それも当然だろう。こんどの傑作集は、『新興文学全集』で訳出された外国文学だけを揃えたばかりでなく、『銀行家が戦場を馳驅する』を例示するまでもなく、きわめてわかりやすい二十世紀の怪奇ドラマばかりを選びあげたからだった。ただしここで、ドイツものが幻想・怪奇味を帯びていたカラクリの〝タネあかし〟をしておく必要はあるかもしれない。バルビュスの『クラルテ』やマルチネの『夜』などフランス勢、グラトコフ『酔ひどれの太陽』などのソヴィエト＝ロシアものに加え、ドイツ勢の作品は当時の「表現主義」に影響されていたからである。

表現主義は、外界の力を悪魔のそれとみなし、内なる魂の自由な表出を希求した。印象派が、外界の力の影響ぶりに関心を向け、その力によって歪められる感覚や精神に熱中したのに対し、表現派は外圧をはねのける魂の反撥に関心をもった。反抗的であり、しかも内向的である。また、外圧を物質文明と資本家になぞらえ、反撥力を神秘的な霊魂観や意志に置いた。したがって、表現面では幻想的であり、なおかつ政治的にはプロレタリアートの立場に立つという、なんとも奇妙な表現主義的ファンタジーが、そこに成立するしかなかったのである。

エピローグ――そして誰もいなくなった

だれも読まなくなった文学

そもそもプロレタリア文学が今日まったく姿を消したということは、自己矛盾もはなはだしい現象といわざるを得ない。なぜなら、プロレタリア文学は、個人ではなく社会的な存在としてのプロレタリアートに、自覚と連帯の輪を広げていこうとする、芸術活動を超えた実践的な役割をもつ文学だったからである。つまり、わたしたち市民にとって、プロレタリア文学は心の糧《かて》であり理想の源泉であったはずなのである。

ところが、プロレタリア文学は、もうだれも読まなくなってしまった。社会や個人の悲惨さを描くだけなら、田山花袋や島崎藤村のごときブルジョア作家の筆に託したほうが、はるかに効果的な作品が仕上がる、ということにもなった。そうなると、プロレタリア文学を「運動」に直結させるには、一般読者の興味を集められる作家に登場してもらわなければならない。

したがって課題は、三千か四千人にしか読まれない「運動する作家」が、十万も百万も読者を集められるブルジョア作家のテクニックを学び、発展させ、十万も百万も売れる「運動する作家」をつくるところにある。なかでも、ブルジョア文学に「古い権威から個人を解放」する力を与えた、リアリズム、が問題となる。これが「敵」からの最大の贈りものとみなされた。

「……小ブルジョア・レアリストは、これは前にのべたごとく、あらゆる生活の問題の解決を抽象的なる正義・人道に求めており、その社会的立場は階級協調的である。しかし社会発展の推進力が階級と階級との協調にあるのではなくして、その公然たるまたは隠然たる闘争にあるのである」

と、この方向の理論家、蔵原惟人も『プロレタリヤ・レアリズムへの道』で説いている。これを、一般に「芸術大衆化論」と呼び、プロレタリア文学史の節目の一つといわれる。が、大衆化をめざした割には、むずかしい文章で説いたものである。要するに、プロレタリア文学者は大衆小説を書くにも闘わなければいけないということなのである。

中野重治の「真のプロレタリア文学」論

　ところがこれに対し、プロレタリア文学を大衆化する必要なし、むしろ純化、高度化すべし、と反論した人物がいた。いわゆる文学至上主義のプロレタリア版である。それを主張した側の代表は、中野重治《しげはる》である。かれは、いちばんすぐれた文学がいちばん大衆的なものであって、読者におもねって通俗的にすることは誤りである、と主張した。なぜなら、人間生活の真相へ深く食いこんで描き切るという芸術的価値の深さ、それ自体にしか真の「おもしろさ」は存在していないからである。

　多くの人に読んでもらいたいばかりに、技巧的なおもしろさを借りるのは、客の注意を引きこんで女郎屋に案内する「牛太郎」（ポン引きのこと）と同じ手管である。

　中野は、文学を至高の芸術として崇める立場にありながら、えらく卑近な「牛太郎」のたとえを引いた。中野によれば、ある工場の労働者百人の読書調査をしたところ、その六十パーセントは講談社系の通俗文芸を好み、社会主義的と呼べる雑誌を読んでいる者は、わずか一パーセントにすぎなかったという。

　そこで中野は、十の荒木又右衛門よりも一つの『世界を震撼させた十日間』のほうが魅力的だという事実を、労働者たちに気づかせる必要がある、と説いた。だからプロレタリア文学は、質が高いものでなければならない、と。

実に分かりやすい。それなら、高い質を誇り、ブルジョア文学の牛太郎的なおもしろさに堕さない「真のプロレタリア文学」とは、どういうものだろうか。中野とともに「日本プロレタリア芸術連盟」の重鎮であった鹿地亘が、まことに正直にそれを定義した。

「プロレタリアートの激情は、最も率直に最も粗野に、大胆に表明される。プロレタリアート芸術の技術が暗示される点はそこだ。琢き上げられた技術の完成ではなく、露出された意欲の方向と結論とがそれだ。それは過去一切の所謂『芸術性』を無視する」

つまり、プロレタリア文学の理想形は、下手っぴな文章でいいから、激情と大胆さとを武器に、とにかく露出し、意欲を押し通した作品だ、というのである。ブルジョア文学のことばに置き替えれば、「荒っぽいB級文学」となるし、激情噴出を中心に考えれば「表現派」の主張と同じになる。だが、ともあれプロレタリア文学がホラー小説やセックス小説に限りなく近いことの理由も、これで多少は明らかになる。

主張と実践がくい違うのはなぜか

しかしながら、この論争をめぐる論文をいくつか読んでみると、一つのパラドックスにぶつからざるを得ない。蔵原を代表格として、プロレタリア文芸大衆化戦略をすすめる人たちは、文章がかなり硬直していて、ユーモアにも富んでいない。現に、蔵原は小説や笑話といった通俗的な文芸をほとんど書いていない。これに対し、芸術の純化をもとめる中野らは、いたずらに読者に擦り寄らぬことを公言していながら、牛太郎だの藪医者だの寄席芸人だの、きわめて通俗的な人物キャラクターを好んで引き合いに出すのである。

その理由は、すぐに明らかにできる。中野の場合、東大独文科を卒業し、詩やエッセイや小説を多く執筆した実作者であったからである。当然、いやというほどブルジョア文学を読み、分析もしていた。これに対し、蔵原はロシア文学の翻訳こそ手がけたが、文学の理論と評論に徹し、実作は小林多喜二らに託していたのである。小説や詩の実作者と散文の評論家との差が、浮き彫りになったともいえるだろう。

『戦旗』と『文芸戦線』

そもそも、プロレタリア文学運動がなぜそんなに論争や野合を行なわねばならなかったのか。一九二八年（昭和三年）に、通称「ナップ」、「全日本無産者芸術連盟」が発足し、その機関雑誌『戦旗』が創刊されたところから、紛糾の芽は生じている。一九二八年は重要な年にあたり、日本初の普通選挙が実施された一方で、治安維持法による運動家検挙が本格化したからである。いわば、解放と弾圧とが一度に押し寄せた年であり、無産者側の激情もまたピークに達した。

それまでのプロレタリア芸術運動は、①中野重治らの「日本プロレタリア芸術連盟」（機関誌は『プロレタリア芸術』）、②前田河広一郎や黒島伝治、岩藤雪夫らの「労農芸術家連盟」（同『文芸戦線』）、③蔵原惟人や藤森成吉らの「前衛芸術家同盟」（同『前衛』）、それに④小川未明や江口渙の「日本無産派文芸連盟」（同『解放』『尖鋭』）などに分裂していた。これでは団結力が発揮できぬと痛感した蔵原が、各派の組織やイデオロギーの独自性を尊重するという条件で統一連合を提唱した。こうして成立したのが「ナップ」だった。ここに参加しなかったのは、労農芸術家連盟を中核とした雑誌『文芸戦線』グループぐらいであったので、その後はナップの機関誌『戦旗』と『文芸戦線』の対立時代にはいった。

『文芸戦線』は個人の問題をとても大切にしつつ社会民主主義の立場に立ち、ボルシェヴィキ的な闘争オンリーの姿勢ではなかったから、かれらのプロレタリア文学が「個人」そのものの業《ごう》を大テーマとしつづける既成文学との交流も、ずいぶんとしやすかった。

しかし、困ったのは大同団結したナップ、『戦旗』のほうだった。一党独裁、政治優先の立場に立つかれらのタブーは、社会の視点から個人の業に深入りしすぎる文学を書くことであった。大衆化派も文学至上派も、個人のエゴや欲望という、文学にとっての飛車と角を、みずから封じなければいけないというのだから、これは辛かった。

蔵原惟人の場合

まず蔵原のほうだが、前述したように、かれには文芸の実作が見あたらない。代わりに、志賀直哉に影響を受けていた小林多喜二が、蔵原的大衆化論を実現すべく、「より幅広い文芸」の確立に努力しつつ小説を物した。すなわち、既成作家のリアリズム手法に学びつつ、運動家としての目から個人問題でなく社会問題へとテーマを拡大したのである。

ここに、蔵原＝小林多喜二のスタイルをより一層明瞭にしてくれる類似作品が、もう一つある。『文芸戦線』系の作家、岩藤雪夫の力作『鉄』である。この作品は多くの点で『蟹工船』に似ている。社会的スプラッター・ホラーとでも呼べばよいのか。とにかく残虐趣味にあふれた、今日《こんにち》ならば掲載を断る雑誌も出てくるような物語である。ただ、二つの点だけが異なる。個人のエゴを描くことを許している点と、政治スローガンを高らかにがなり立てぬ点とである。

あらすじを書こう。無産階級の組織運動に精力を注ぐ巻島宇市は、きわめて複雑な家庭環境下にあった。十年近くもアル中で寝ている父。その父の看病に疲れたことを盾にとって、長らく放浪生活を送った宇市本人。熱心な浄土宗信者の祖母、そして腹ちがいでアナーキストの妹。アナーキストとは、要するに個人主義的な不良、という意味なのである。

さらに、古い恋人との文通をつづけていたことがばれ、紡績職長の夫から離縁されたばかりの姉。宇市はアナーキストの妹を正しいマルキストの道へ導こうとして、帰郷した際に地元の工場にはいった。宇市は宇市で、これまた苦難の人生である。畸形児として生まれわずか二十四時間の命だった子どもを納骨しに帰郷し、前述のごとく実家に居着いてしまった。父も養母も、腹ちがいの妹も、すべてアナーキストであるから、コミュニストとなった宇市は、実家でも孤立無援である。妹からは、「兄さんなんて、ただの人道主義よ、人間のエゴを否定する気?」と、食ってかかられる始末。

さらに、宇市の勤める工場で人身事故が発生し、組織の力量が問われることにもなる。工場に、金窪《かなくぼ》という少年の見習い工がいた。無邪気な若年労働者である。紡績工場のある女工と密会したとき、巡回にきた守衛に発見されて以来、性的不能者となった須美という男を、「メカ一、チョンチョンの十」と呼んで、からかったりする。

メカ一、チョンチョンの十。岩藤はこの綽名を「助平」の意味だと補足説明しているが、いったい何のことだろう。しばらく考えた結果、それが助平という漢字を分解したものだと分かった。助は「目+力」で、平は「一+ヽ《ちょん》+ヽ《ちょん》+十《じゅう》」となるからである。

余談はさておき、この無邪気な少年ほか二名の職工が、ある日、ボイラー爆発に巻きこまれて死亡する。

「死体は打撲傷と千二百度の蒸汽の熱で赤と白のだんだら模様に膨れ上がっていた。富坂と輪尻の妻が声も立て得ずに倒れるように、夫の顔に縋りついた。すると死骸の頬の皮と頭髪がずるずると水のように脱け落ちた」

しかし、遺族のために会社側と交渉を始めた宇市の許《もと》に、離縁された姉からの手紙が来る。そこには恨みつらみが誌されていた。「あんたが組合なんかやって、紡績工場の女工を引っぱったから、紡績職長の夫に離縁されたんじゃ！」と。そして姉の失踪。残された姉の子は、誰もいない部屋で急に夜泣きしたかと思うと、真夜中にもかかわらず、ひとりごとを言ったり、うれしそうに大声で笑ったりし始める。幼児に訊いてみると、夜ごと、母親が遊びにきてくれるのだという。もちろん、母親は行方不明のままなのに、である。

まさにオカルト小説的展開といってよい。家族たちは冷水を浴びせられた思いで慄然とした。果たせるかな、姉はやがて水死体となって発見される。最後に妹の罵声が、ふたたび宇市に浴びせられる。

「兄さん、争議は負ける、姉さんは死ぬ、ばばは半狂いになる、兄さんそれで平気、馬鹿兄さん、爆発してらっしゃい」

まったく、コミュニストなんてやっていられない。いっそ身勝手なアナーキストか、どこまでもお人好しの人道主義者になったほうが、どれほどマシか知れない。岩藤雪夫や小林多喜二の小説は、リアルであればあるほど、おもしろければおもしろいほど、逆にコミュニストの党派的で禁欲的な生活、板挟みの苦しみを露呈するという諸刃の剣となる。せめて末尾で、共産党万歳！ とでも叫ぶしか、ストレス解消の方法がないのも当然だったろう。

中野重治の場合

一方、ときも同じ一九二九年三月、岩藤の『文芸戦線』に対抗して『戦旗』に発表されたのが、中野重治の『鉄の話』であった。果たして、純文学派の成果は、いかに？

鉄と呼ばれる男が小学校五年のとき、皇太子行啓があるというので村中の物入りとなった。おまけに鉄は郡下数千人の学童から選ばれ、御前揮毫をすることになった。名誉だが、服とか靴を新調しなければならず、さらに大きな物入りである。そんな中、上納米をめぐって地主と小作人とのトラブルが発生する。地主に盾つく小作に対しては、小作米の品質を不合格にするという報復が行なわれる。ショックのあまり、鉄の兄は急死、母は自殺。また鉄も、御前揮毫の席で、紙の上に薄く鉛筆で「下書き」ができているのを見て、プライドを傷つけられ、暴走してしまう。

かくて、一家は村にいられなくなり、離散。最後は呪いの声で結ばれている。「縄を誰の首にかけるか？　縄を奴と奴の眷属にかけろ！」

『鉄』に比べると、この作品は少なくとも闘争的に書かれている。だが、そうかといって、狂暴である敵を社会の側へもってゆき、個人に還元していない。だが他方、御前揮毫というのはあまりにも特殊な題材に過ぎたのではないだろうか。天皇制批判の材料としても、いかにも机上の選択である。大衆的リアリティがないのである。それに文章も構成もうまくない。この小品をもって中野の小説を評価し切るのは酷であろうが、かれの作風あるいは傾向だけは明白に示されている。絶叫の連続、スローガンの連呼、そのエネルギーを通じてだけ、かれの文学世界は読者の関心を惹く。逆にいえば、中野の作品は、およそ「読める」あるいは「売れる」文章になっていないのである。その事実に気づいた中野は、下手っぴな小説を最も権威ある作品に変えるべく、芸術という魔法の自己表現を活用した、としか考えられないのだ。芸術ならば、一般の理解や評価が得られなくて当然であり、至高の存在であることの証明にもなるのだから。

そして、誰もいなくなった

ともかくも、プロレタリアート版「芸術至上主義」の成果が、せいぜい中野の実作止まりであり、また大衆化路線の側も既成文学の技巧に学ぶのであれば、プロレタリア文学の将来は最初からお寒いものであったといえるだろう。つまり、プロレタリア文学は、芸術至上をいえるほど質の高いものではなく、また講談社系の大衆ロマンに勝てるほど大衆的なおもしろさをもたなかったのである。

それというのも、運動を意識したプロレタリア作家には、創作に全霊を注ぎこめるような時間も環境もなかった結果だと思うほかにない。岩藤の『鉄』を一読すればわかるとおり、プロレタリア文学を政治・思想と同格の存在にまで高めようとした正直なコミュニストにとって、現実は内と外での闘いの連続であり、とても文学なぞ書いている暇はなかったのではないだろうか。

――だから、誰もいなくなった。これが、プロレタリア文学の運命それ自体だったように思えてならない。

【著者】

荒俣宏（あらまた ひろし）

1947年東京生まれ。慶應義塾大学法学部卒業。博物学・幻想文学研究家、作家。主な著書に、『帝都物語』（角川書店）、『ホラー小説講義』（角川書店）、『別世界通信』（ちくま文庫）、『世界大博物図鑑』『楽園考古学』『ファッション画の歴史』『20世紀 雑誌の黄金時代』（いずれも平凡社）など。

平 凡 社 新 書 0 5 7

プロレタリア文学はものすごい

発行日——2000年10月18日　初版第1刷

著者——荒俣宏

発行者——下中直人

発行所——株式会社平凡社
東京都目黒区碑文谷5-16-19　〒152-8601
電話　東京(03)5721-1230［編集］
　　　東京(03)5721-1234［営業］
振替　00180-0-29639

印刷・製本—図書印刷株式会社

装幀——菊地信義

ISBN4-582-85057-X
NDC分類番号910.2　新書判(17.2 cm)　総ページ264
平凡社のホームページ http://www.heibonsha.co.jp/

012 北京特派員 信太謙三
サスペンス小説よりもスリリングな中国報道最前線、迫真のドキュメント。

015 企業倒産 熊谷勝行
平成不況で起こった壮絶な倒産劇を生々しく描き、企業の危機管理を提唱する。

016 大江戸死体考 人斬り浅右衛門の時代 氏家幹人
史料はホラー小説よりも恐ろしい！ コワくて不思議な江戸のアンダーワールド。

017 牧野植物図鑑の謎 俵浩三
天才植物学者・牧野富太郎のライバルとの葛藤を描く、植物図鑑黎明期の裏面史。

019 インターネットの中の神々 21世紀の宗教空間 生駒孝彰
電脳空間に広がりつつある〝神々〟の姿とは？ 情報社会の魂のゆくえを追う。

023 戦争の世紀 第一次世界大戦と精神の危機 桜井哲夫
大量殺戮とテクノロジーがもたらした人間の危機を追究する20世紀精神史の試み。

024 韓国と韓国人 隣人たちのほんとうの話 小針進
日韓互いの誤解と理解を解きほぐせば、隣人たちの等身大の姿が見えてくる！

026 破産しない国イタリア 内田洋子
間違いだらけの国で確実に生き残るには？ イタリア人の気力と体力を学ぶ13話。

053 テレビ制作入門 企画・取材・編集 山登義明
現役ディレクターによるドキュメンタリー制作の手法。マスコミ志望者必読の書。

054 アイヌ歳時記 二風谷のくらしと心 萱野茂
大自然や動植物を神とし、友として生きてきた人びとの四季の生活誌をつづる。

055 英国王室と英国人 荒井利明
英国人気質と「新しい英国」の激動のなかで変容を続ける王室の姿を描く。

056 明治犯科帳 激情と暗黒の事件簿 中嶋繁雄
相馬騒動、大久保利通暗殺、怪盗電小僧など、明治の世相と人心を映す事件誌。

057 プロレタリア文学はものすごい 荒俣宏
「プロ文」はこんなに面白い！ 歴史に埋もれた文学の痛快無比な魅力を紹介。

058 中国の権力システム ポスト江沢民のパワーゲーム 矢吹晋
中国は果たして権力闘争から脱皮したのか？ 21世紀中国トップの姿を予測する。

059 蛇女の伝説 「白蛇伝」を追って東へ西へ 南條竹則
恐ろしくも愛らしい蛇女とは何者か。世界の文学を巡り、伝説のルーツを探る。

060 漬け物大全 美味・珍味・怪味を食べ歩く 小泉武夫
日本と世界の多種多様な漬け物を紹介、その驚異に満ちた味を紙上で楽しむ。